“那些容忍邪恶、支持邪恶的人对这个世界的威胁，要比那些作恶者对这个世界的威胁更大。”

——阿尔伯特·爱因斯坦

嘿，朋友！

你可能和我一样，也注意到了，

这个世界由大人们掌控。

但是问问你自己：

谁能选出孩子们喜欢的书？

是的，答案是“孩子”！

希望你读完这本书后，会激动地竖起大拇指，

并且还想再来一本。

试着读一读这本书吧，

看看你是否同意我的看法。

（如果不同意，那你可能是个大人！）

天才少年爱因斯坦

逆行者使命 ❷

[美] 詹姆斯 · 帕特森　[美] 克里斯 · 格拉本斯坦 著　[美] 贝芙莉 · 约翰逊 绘　付添爵 译

湖南少年儿童出版社
HUNAN JUVENILE & CHILDREN'S PUBLISHING HOUSE
小博集 BOOKY KIDS
· 长沙 ·

“谨以此书献给可爱的孩子们，你们是世界的未来，必将创造更加美好的明天。”

——詹姆斯·帕特森、克里斯·格拉本斯坦

人物介绍

马克斯
性别：女

全名马克斯·爱因斯坦，酷爱物理学，会在想象中与爱因斯坦对话，思考如何将爱因斯坦的理论在现实生活中实验、运用，是解决地球难题的“天选之人”。

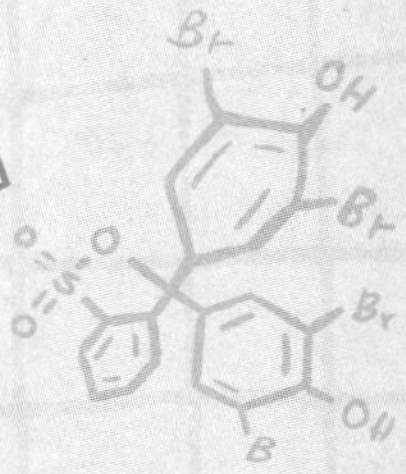

赞助人（本）
性别：男

一个富有的十四岁男孩，马克斯团队的背后支持者，为他们解决地球上的各种难题提供资金支持。

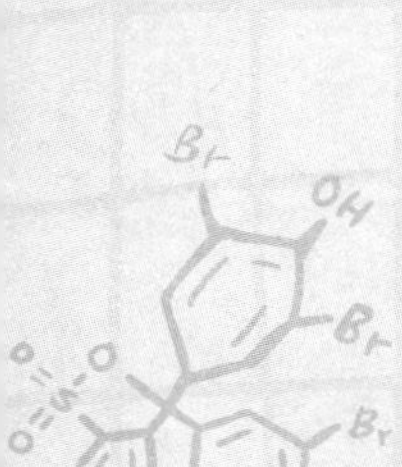

克蒂斯
性别：男

马克斯团队的成员之一，擅长机器人技术，个性张扬，喜欢出风头。

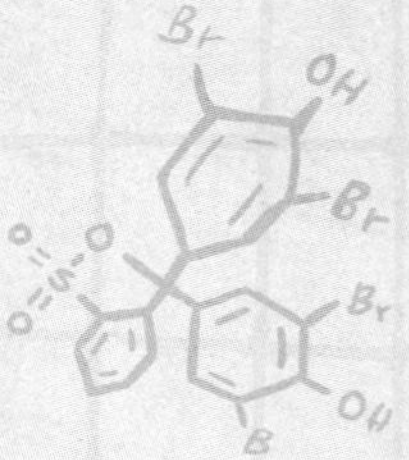

西沃恩
性别：女

马克斯团队的成员之一，脾气火暴。她是一名地球科学专家，希望有一天能够预测地震、飓风和洪水等重大灾害。

蒂莎
性别：女

马克斯团队的成员之一，来自肯尼亚的生物化学家。在马克思迷茫时给了她非常大的支持。

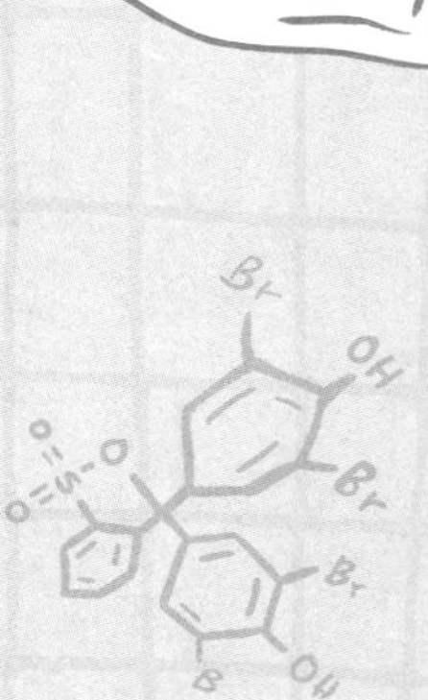

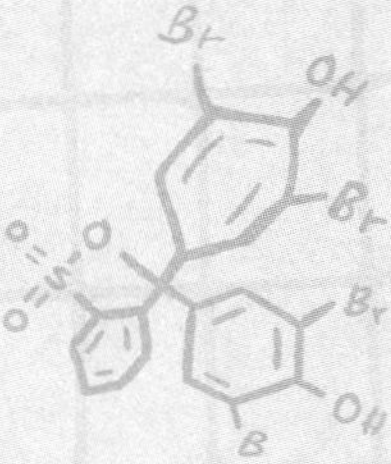

维哈恩

性别：男

来自印度，酷爱量子物理学。他希望有一天能研究出“万物理论”，来解释宇宙中所有的物理现象。

齐姆博士

性别：男

为“公司”做事的反派人物，一直想抓住马克斯，但总是碰一鼻子灰。

莱纳德

齐姆博士制造的智能机器人，有着强大的数据库和学习能力，在故事的最后被马克斯打败，并被克劳斯改造为“里奥”，加入了马克斯的团队。

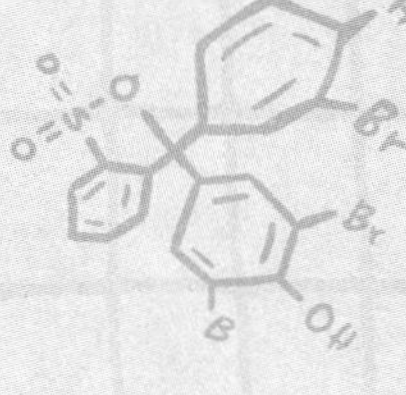

目录

第一章　摆脱保镖后的消防作战　/　001

第二章　“公司”的追捕　/　014

第三章　关于相对论的唇枪舌剑　/　027

第四章　身份暴露后的老友重逢　/　041

第五章　退敌的声波武器　/　053

第六章　神秘反派加入追捕　/　070

第七章　豪华宴会和饮水危机　/　083

第八章　实地考察　/　098

第九章　克劳斯的神奇机器　/　112

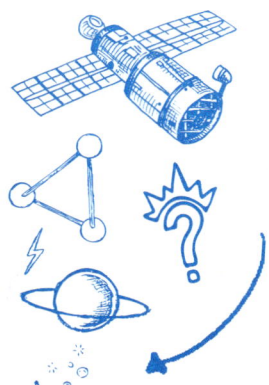

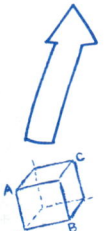

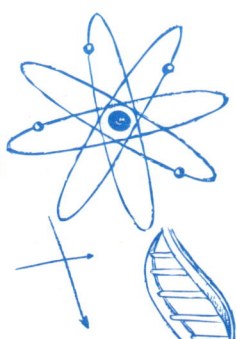

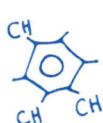

第十章　宴会上的不速之客　/　125

第十一章　找到“卧底”　/　142

第十二章　更大的水危机　/　157

第十三章　拍摄纪录片　/　171

第十四章　头脑风暴　/　183

第十五章　净水器大成功　/　198

第十六章　自来水公司的威胁　/　219

第十七章　马克斯被绑架　/　230

第十八章　赢家　/　244

第十九章　净水计划的胜利和新的开始　/　256

开始你的冒险　/　271

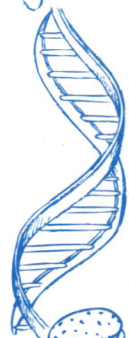

第一章　摆脱保镖后的消防作战

马克斯·爱因斯坦很痛苦，她正做着她在这个世界上最不喜欢的事情：无所事事！

她想，这个世界是不会自救的！

是的，她知道世界上的每个角落都潜伏着危险，尤其是在非洲冒险成功之后。但她已经厌倦了服从命令，厌倦了“低调行事”和“安分守己”。她必须走出这个越来越像监狱的房间——有警卫驻守在大厅对面的房间里，他们竭力避免出现在马克斯的视野里，但这就像身高一米八三的健美运动员试图把自己塞进小朋友的紧身衣一样困难，警卫们太显眼了。

他们是马克斯的保镖，保护她不受“公司”——一群危险的坏人的伤害，他们会不择手段地得到他们认为的世界上最聪明的女孩。但尽管如此，马克斯并没有要求获得保护。这全是本的主意，因为他很担心马克斯，对于一个十四岁的亿万富翁来说，这种做法可以理解。

马克斯查看了她智能手机上的天气应用。上面显示当前温度 92 华氏度[①]，湿度 90%，天气闷热。一到夏天，纽约市就会变成一个潮湿的混凝土桑拿房。

“我需要到外面去。”她对着一个爱因斯坦摇头娃娃微笑着说。这个娃娃放在宿舍小房间角落的一个摊开的破旧手提箱里。这个箱子是马克斯用来收藏爱因斯坦所有东西的便携神器。她曾经在一个翻新过的马厩上面有一间非常好的、全新的公寓。但几个月前，本坚持让马克斯搬到一个更安全、更有保障的地方，让她可以花大把时间来做她这个周末正在做的事情。

那就是无所事事！

她想起艾萨克·牛顿的第一运动定律，即当一个物体所受的外力相互抵消时，处于静止状态的物体会保

① 华氏度：非法定计量单位中的华氏温度单位，符号为℉。当 x 华氏度换算为以摄氏度表示时，则为（5/9）(x–32）摄氏度。

持静止，处于运动中的物体会一直保持原有的运动状态。

因此，是时候让自己的身体动起来了。

马克斯把她那乱蓬蓬的鬈发扎成马尾。她把浴袍套在短裤和T恤外面，然后穿上了一双橡胶人字拖。她把运动鞋和袜子塞进淋浴包里，藏在洗发水和毛巾下面。她还在包里塞了一面小镜子。

马克斯迈出723号房间的门，朝外面的走廊走去。

两名保镖都是男性，他们从大厅对面的房间里走了出来。他们戴着配套的耳机。

“嘿，伙计们，”马克斯说，“我只是去快速冲个澡。”

两个人点了点头。“注意安全。”那个名叫贾迈勒的说道。

“如果有什么需要，我们就在这里。”年轻一点的那个人说，他叫丹尼。他们谁也不想靠近大学宿舍里的女生公共浴室。马克斯只有十二岁，但她现在在哥伦比亚大学，但不是以学生的身份。她是他们口中的“客座教授”。这意味着她会给大学生授课。

“谢谢，伙计们。”马克斯对她的两个保镖说。

她尽可能随意地在大厅里踱着步。浴室就在716号房间的后面。

科学的逃跑方法

镜子的位置至关重要。因为光线射入镜面的夹角等于光线射出镜面的夹角。
傻乎乎的保镖。
谨慎地遮住外衣。

通向出口的楼梯也在那里。

她低头瞥了一眼她准备好的手持镜，想看看身后的情况。

当她走过楼梯门，右转进入浴室时，那两个保镖又消失在了 722 房间门口。马克斯冲了冲马桶，只是为了制造一些水声让他们产生自己还在的错觉。然后，她把浴袍挂起来，坐在马桶上，换下拖鞋，穿上了运动鞋。

她又偷偷地从镜子里看了一眼走廊。

一个人也没有。她偷偷地从后视镜往走廊上看了一眼。

过会儿她可能会回来拿淋浴包，甚至可能会洗个澡。但首先她得逃出“监狱”，去做点什么，任何事情都可以！

在没有保护的情况下自己去做点什么。

马克斯匆匆走下七层楼梯，离开了约翰·杰伊厅。

当她到达阿姆斯特丹大道和第 114 街交会处时，她开始以轻快的步伐向北走，她没有被发现，也没有被跟踪。

在第 120 街，她拿出自己的手机（这是本送她的另一份礼物），拨通了查尔和伊莎贝尔的号码。他们隶属于负责安保工作的高技能战术小组，负责“变革者协会”的安全，马克斯被这个组织认为是“天选之人”。

这个头衔总能让马克斯翻白眼。“天选之人”，听起来是那么奇怪。

但是，本，这位超级富有的赞助人，选择了马克斯来带领他的精英天才团队，他们都肩负着让世界变得更美好的使命。

的确如此。

本是一个野心勃勃的年轻人，他有着远大的梦想和丰厚的财力。“我们的目标是做出重大改变，以拯救这个星球和居住在上面的人类。”马克斯是在访问位于耶路撒冷的 CMI[①] 总部时知道这件事的。而本只相信孩子们能帮他做成这件事。

“马克斯？”查尔的口音很有趣，马克斯至今无法完全确定这种口音的所属地域。以色列？东欧？这太神秘了。

“你在哪里？”

---

① CMI：变革者协会（Change Makers Institute）的英文缩写。

“在外面。”

“什么？贾迈勒和丹尼跟你在一起吗？”

“没有。但这不是他们的错，他们以为我在洗澡。”

查尔叹了口气，说道：“马克斯，我们谈过这个问题。你需要注意安全，‘公司’在各处都安排了间谍。”

“公司”，这个邪恶的组织想要阻止CMI做好事。本和CMI想要帮助地球做出改变，改善人类的生活条件，而“公司”只想要赚钱，增加银行账户上的数字。其中一名成员扎凯厄斯·齐姆博士想把马克斯拐走。他就像达斯·维德[①]一样，总是试图诱骗马克斯加入黑暗的一方。

到目前为止，这招并没有奏效。

也仅仅是到目前为止。

因为齐姆博士曾暗示，他对马克斯的过去有所了解。他甚至可能知道她的父母是谁，以及为什么她的名字叫“马克斯·爱因斯坦”。马克斯不记得她的父母了。自记事以来，她就一直住在孤儿院、寄养机构，她一直和其他无家可归的人待在一起。当然，直到

① 达斯·维德：电影《星球大战》中的反派角色。

CMI 的成员出现，把她送到了耶路撒冷。

“马克斯？”电话里查尔的声音有力而坚定，“你现在的工作就是保证自身安全。齐姆博士和‘公司’还在追捕你，请回到你的宿舍，马上。”

“我们下一个任务是什么时候？”马克斯问。她没有理会查尔的命令，这很像她的偶像爱因斯坦教授，不善于接受命令。

“如果齐姆博士抓住你，CMI 就没有下一个任务了，马克斯。”

“好吧，”她说，“那我就得自己找了。”

“马克斯？”

“我只是在遵从牛顿第一定律，查尔。我是一个运动中的人，需要时刻保持运动。”

她挂了电话并关掉手机，这样查尔就无法再打过来了。当她到达马丁·路德·金大道时，接着向右转，进入了哈莱姆区。

顺着林荫大道走然后转向第 125 街时，马克斯看到一群快乐的孩子站在一家杂货店外。他们正在一个往外喷水的消防栓旁来回跳跃，他们在水流中穿来穿去，想给自己降降温。

“嘿，你们这些孩子！”一位愤怒的老人在门廊上喊道。他腰上缠着一条毛巾。“我在楼上洗澡呢！你们把水压弄低了！”

孩子们只是笑着，又溅起一些水花。

“这样的话，我要打电话报警了。”

老头晃了晃拳头，冲进屋子，毫无疑问是要拿起电话打 911[①]。

马克斯立即行动起来。她必须这样做。她不能低调行事，也不能谨小慎微。当一群孩子只是因为童趣而惹上麻烦的时候，她一定要挺身而出。

幸运的是，喷水的消防栓就在纽约市消防局 37 号消防车和 40 号云梯旁边的街区。更妙的是，那里的消防员还欠马克斯一个人情。

大约两个月前，就在她刚搬到哥伦比亚大学宿舍的时候，她为 37 号消防车处理一栋着火的大楼提供了帮助。当时，消防员在评估楼上的情况时遇到了困难，因为他们那全新的、有着高清红外摄像头的无人机无

① 911：美国报警电话。

法升空。无人机的摄像头本应让街道指挥站的负责人看到屋顶上消防员的位置和墙后的火情。但这架无人机却飞不起来。

于是马克斯教了他们一个快速制作飞行相机的方法。

“把无人机上的摄像头取下来，”她告诉消防队的队长，“找一个透明的塑料垃圾袋和一个铁丝衣架，给摄像头做一个支架。再从杂货店里拿一罐酒，点燃它，把它固定在衣架上，这样就可以做一个简易的热气球，让你们的相机飘到屋顶上。”

队长盯着她，他徽章上的名字是莫尔卡尔。马克斯也目不转睛地看着他。

“你们听到那个女孩说的了吧，”莫尔卡尔队长咆哮道，“用垃圾袋给我做个热气球！快！”

“一定要确保每个部件都正常工作，先生。”马克斯建议道，“否则……”

“当然，否则我们只会看到黑屏。”

消防队员们组装了迷你热气球，并将两个摄像头送上去执行任务。

现在，马克斯希望他能让这些消防员帮助邻居家

热空气会上升，
然后把热气球
也带到空中。

的孩子们，因为他们为了降温，拧开了消防栓，这种行为是违法的。

她冲进消防站，看到了一张熟悉的脸。

“莫尔卡尔队长？”

“嘿，马克斯。最近还好吧？”

“还不错，先生，但是，我需要你的帮助。”

“你想做一个更大的热气球吗？”莫尔卡尔队长开着玩笑，“也许可以把它放进梅西百货的游行活动中？”

“不，先生。虽然那会很有趣，但是，我们现在有一个消防栓的问题需要解决。”

“在哪里？”

“在街上。它需要一个盖子。”

“没问题。”

“现在就需要。否则，一群孩子可能会惹上麻烦。根据纽约市政法规，他们可能会被处以 30 天监禁或罚款 1000 美元。”

“他们打开了消防栓？”

马克斯点点头。

“让我去拿些工具。”队长说。

“你要自己动手吗？”

“嘿，我欠你一个人情，马克斯。另外，天气太热了，我可能还要和孩子们一起玩水呢！”

马克斯和队长带着一个带喷头的盖子走上街头。这个巧妙的装置能把消防栓喷射出的水柱变成一种温和的水流。喷管可以把打开的消防栓喷出的水量从每分钟 1000 加仑[①]限制到每分钟 25 加仑左右。

“这样水喷到身上也不会那么刺痛了。”莫尔卡尔队长告诉孩子们。当盖子被安装好后，一道柔和的弧形水流喷射出来。

孩子们很高兴。

那个想洗澡的老人也很高兴。他穿着泳装来到了外面，这样他就可以和年轻的邻居们一起在潺潺的水中跳跃了。

警察也很高兴，因为在他们到达之前，矛盾已经“降温”了。

马克斯相信，任何问题都有解决的办法。

你只需要找到它，然后努力去实现它。

---

① 加仑：英、美计量体积或容积的单位。1 英加仑约合 4.546 升；1 美加仑约合 3.785 升。

第二章 “公司”的追捕

消防栓的问题解决后，马克斯感到头晕目眩。

她自由了！自由了！没有宿舍，没有保镖，没有本、查尔或伊莎贝尔告诉她该做什么。

她开始重复老歌的歌名。就像爱因斯坦教授本人一样，马克斯也喜欢经典摇滚。

《自由的鸟》《免费的午餐》《我自由了》《人民必须自由》《在自由世界里摇滚》《我渴望自由》……

马克斯跳上了第125街和圣尼古拉斯大道的地铁，前往市中心拜访一位老朋友。她在西四街跳下了A号列车——她去纽约大学的时候也是在这一站——然后爬上了陡峭的台阶。

华盛顿广场公园就在几个街区之外。她如愿以偿地在水泥做的国际象棋桌旁找到了伦纳德·莱尼·温斯托克先生。

“嘿，温斯托克先生！”她挥手喊道。

“马克斯？”温斯托克先生说。马克斯一直认为他的英式口音是假的，尽管温斯托克先生声称自己毕业于牛津大学，与所有王室成员私交甚笃。

“你在市中心做什么，马克斯？”

“我需要出来走走，先生。活动活动我的腿和大脑。要不要玩一局？”

“我不确定这是不是一个好主意。”

“为什么不是呢？你正坐在棋桌前，你把所有的棋子都准备好了。”

“我在考虑和自己比赛。”

“这有什么好玩的？”

“很简单，马克斯。即使我输了，也算我赢了。”

“来吧，”马克斯催促道，“不会太久的。上一次，三步棋就结束了。”

“但是，马克斯，如果我说错了请纠正我，你不是应该低调行事，谨小慎微吗？”

“我宁愿下象棋。当然，除非你是胆小鬼。”

“很难说。”温斯托克先生按了按计时器上的按钮，“游戏开始。”

马克斯对温斯托克先生很宽容。这次她用了五步才打败他。

“我输了。”温斯托克钦佩地说，“马克斯，好棋，真是好棋。”

“你准备再来一局吗？”

“马克斯？”

“怎么了？”

“贾迈勒和丹尼在哪里？”

“可能在女生浴室，在想我是怎么能不打开水就洗澡的。”

“你说什么？”

“说来话长。我想过一个自由的周末，我不知道怎么过才算是自由的。”

“即使会危及你的 CMI 的下一个大项目？”

“没有下一个大项目。”

“有的。阿伯克龙比先生正在处理请求，并在制定一项行动计划。”

阿伯克龙比就是温斯托克对本的称呼。大概是因为这位赞助人的全名是本杰明·富兰克林·阿伯克龙比，而五十多岁的温斯托克先生比大多数人都要正式一些。

“马克斯，你和你的团队曾经在刚果用太阳能发电的方案取得了惊人的成就，”温斯托克继续说道，“真是干了一件令人惊叹的事情。”

“我想可以这么说吧。但是你第一句话的关键词是‘曾经’，意思是已经完成了。接下来我们做什么？我们现在该怎么办？”

“很简单，要有耐心。”

“我不是唯一一个渴望再次出发的人，”马克斯说，“我一直在和团队里的其他人互发短信和电子邮件，他们都渴望更多的行动。”

温斯托克把一根手指放在嘴唇上。“小心点，马克斯，”他低声说，“‘公司’到处都有耳目。”

这让马克斯感到些许惊愕。

“他们知道我在哪儿吗？”她低声回答，眼睛四处打量，扫视着公园里所有的陌生人，寻找着一张熟悉的蛋形邪恶面孔，就是那个牙齿锋利、笑容夸张的齐姆博士。

“不，马克斯，”温斯托克说，“他们不知道你现在的住处。但是，他们知道你以前住在哪里。”

说着，他掏出了手机。

“亲爱的，我觉得你应该看看这个视频。”

马克斯看了看手机屏幕，认出了画面中的地点，那是她以前的公寓，马厩上面的那间。

“我还以为你们有摄像头在监视我呢。”她说。

“确实如此，”温斯托克说，他点了一下播放图标，“有几个。”

“那么，为什么我没有出现在视频里呢？”

“这个特别的画面是昨天才录下来的，在你离开那里很久之后。”

“后来没有人在我的房间住过？我几个月前就离开了。”

温斯托克说：“从你离开以后，有几位以前无家可归的房客搬进来了。但幸运的是，多亏了我们的培训计划和在商界的人脉，他们都找到了新的工作，有了自己的新家。当这些不速之客来访时，你的旧房间是空着的。啊，看这里，他们来了，从浴室的窗户进来了。”

马克斯仔细研究了这段从多个角度拍摄的高清视频。画面像动作片一样跳来跳去——从入口到客厅再到厨房，然后再跳回来。可以看到窗外有两个穿着黑色工装裤、黑色高领毛衣，戴着黑色无檐帽的男人，他们正用撬棍撬开窗户。

“真的假的？”马克斯说，“‘公司’的暴徒穿得像抢劫电影里的贼，他们忘了带盗贼面具吗？”

“没有，我们怀疑他们是想让我们看到他们的脸。面部识别软件会对他们进行比对，发现第一个进入你房间的人，那个脖子后面爬满老虎文身的，名叫弗里德里希·霍夫曼。他非常残忍，干活麻利，还喜欢歌剧。”

马克斯看着温斯托克先生，他耸了耸肩。

“我们都有自己的爱好，马克斯。”

马克斯看着两个黑衣人把她的旧房间翻了个遍。他们拉开了梳妆台的抽屉，掀翻了床垫，翻遍了厨房的橱柜。

温斯托克先生说：“第二位先生，就是毫不留情地把橱柜拆毁的那位，是平克·马利根先生。”

“那平克喜欢什么？”马克斯问，“爱尔兰的踢踏舞吗？”

“他没有什么特别的喜好。不过，平克被称为‘小指’，如果把他左手的截图放大一点，你可能会注意到，他没有小指头，是他十六岁时在一次酒吧斗殴中失去的。这两位先生都有大量的被捕记录，他们也是‘公司’的知名走卒，根据我们的可靠情报，他们直接服务于齐姆博士。”

突然，监控视频结束了。

本出现在屏幕上，他说：“马克斯，这就是你需要坚持我们计划的原因。”

马克斯忍不住笑了起来。她每次见到本都会这样。他是个怪人，有点怪癖，还有点可爱。他也超级聪明，有一颗伟大的心，是那种真的想要拯救世界的人。尽管在真正面对这个世界的时候，本超级笨拙。因为他的社交能力并不好，这和马克斯有点像。也许是因为他们都太过沉迷于自己头脑中的奇思妙想，也许是因为他们都在很小的时候就失去了父母。

事实上，马克斯从未真正了解过她的父母。

这份失落与孤独是他们的共同点。也许这就是她和本相处得这么好的原因。

“那么，马克斯，我是说保罗·埃伦费斯特客座教授……”

现在本把马克斯逗笑了。他们为马克斯能在哥伦比亚大学的工作更加方便取了一个别名（这个别名是本通过他的本杰明·富兰克林·阿伯克龙比基金会取的），这是为了纪念阿尔伯特·爱因斯坦的一位物理学家朋友——保罗·埃伦费斯特。

“你也看到了‘公司’的能力。现在请你听我说，好吗？你的下一个项目就要来了。很快，我保证。我们正在处理一些请求，正在寻找完美的机会。现在，你能做的最重要的事情就是保证自身安全！你是团队的领导。”

“好吧，”马克斯想，“如果这个警告来自本，我也许应该听。”

本的视频片段结束后，马克斯说：“你和本已经表达了你们的观点，温斯托克先生，我会坐地铁返回哥伦比亚大学的。”

“不需要，”温斯托克先生一边说，一边把手机放进了口袋，“你的车应该已经到了。”

他向左点了点头。

戴着墨镜的贾迈勒和丹尼就站在那里，双手交叉放在胸前。

而且，没错，他们都穿着西装。尽管阴凉处的温度有 95 华氏度。

“请不要再这样做了，马克斯。”贾迈勒说，他驾驶着黑色林肯向市郊开去。

丹尼说：“你让我被迫进入女浴室。女人们冲我大喊大叫，马克斯。我的耳朵现在还在响。”

“你的脸也有点红。”马克斯说。

“是啊，丹尼。”贾迈勒笑着说，“对了，她们叫你什么？”

丹尼瘫倒在座位上。“父权制的一枚棋子。”

“不错。”马克斯说。

“马克斯，”贾迈勒说，“这个猫捉老鼠的小游戏很有趣，但有消息说‘公司’正在追踪你。”

“是的，本告诉我了。”马克斯说，眼睛望着窗外，汽车向北驶过曼哈顿的峡谷。

“那么，你会乖乖的？”贾迈勒说着，从后视镜里瞥了她一眼。

“会的。”

“很好。下周末我要去看我女儿的舞蹈表演，我不想因为追踪你而错过演出。”

“把镜子塞进淋浴包里，这样就能看到身后的东西。”丹尼说，“这种做法真聪明，马克斯，令人印象非常深刻。”

“谢谢。”

周一早上，马克斯（又名保罗·埃伦费斯特）在贾迈勒和丹尼的陪同下，走在约翰·杰伊厅七楼的走廊上。她要去上今天的第一节课了。

“打扰一下，保罗？”

是南希·汉克，七楼的常驻顾问，负责规划该楼层的社区建设活动，并在居民有任何问题时提供帮助。

他们不应该对居民横眉冷对，但南希·汉克见到马克斯、贾迈勒或丹尼时基本只会摆出一张臭脸。

南希·汉克不喜欢住在她那一层的这个十二岁物理神童，也不喜欢她的保镖。

“嘿，南希，”马克斯说，“我们有点赶时间。今天上午我要讲狭义相对论和相对论运动学。”

南希没有眨眼。“这两个人？”

“女士？”贾迈勒说着走上前，“有什么问题吗？”

“是的，这是宿舍。其他住户都没有私人保镖。”

“我敢肯定，如果总统的女儿在这里上学，她一定会有特勤局的保护。”

南希说：“如果有一天总统女儿来这里住了，我会告诉你的。我和校园保安谈过了，两位先生不能再待在这一层了。”

“对不起，女士，”丹尼说，“我们一定要在这里。”

南希将手掌伸到他面前。

“我知道有个有钱的人正在保护着这个兼职客座教授，雇你们做她的私人保镖。但是我们哥伦比亚大学的住房短缺，需要你们的房间。为了一个学生，租一辆面包车，睡在里面也是可以的。祝你们度过愉快的一天。”

南希·汉克回到她的房间，砰的一声关上了门。

“这就出问题了。”贾迈勒嘟囔着。

“没有问题，只有解决方案。”马克斯喃喃自语。

马克斯继续说：“来吧，伙计们。我们上课不能迟

他们看起来像秘密特工。
他们让我觉得自己受到了保护。

到，其他的事情我们以后再处理，这就是时间被发明的原因。”

“嗯？”丹尼说。

“就像阿尔伯特·爱因斯坦说的：‘时间存在的唯一原因是为了让所有的事情不同时发生。’”

第三章　关于相对论的唇枪舌剑

物理 1601 班在哥伦比亚大学校区普品厅三楼的一个报告厅里上课。272 个座位坐满了翘首以盼的学生，他们俯视着马克斯。她站在圆形讲台的中央，显得更小了。她的保镖贾迈勒和丹尼坐在第一排，他们没有笔记本和笔。

“今天，”马克斯告诉她的学生，“我想谈谈阿尔伯特·爱因斯坦最著名的思想实验之一——他称之为 Gedankenexperiment[1]。”

“他是德国人！”坐在前排的一个名叫乔纳森·菲利普斯的学生说（就是这个学生认为应该由他自己来

---

① Gedankenexperiment：德语，思想实验。

上课，而不是“一个头发卷曲的十二岁书呆子”）。

马克斯没有理睬他，她经常不得不这样做。

“在这个思想实验中，”马克斯继续说，“爱因斯坦教授探索了同时相对性。两个事件是否完全同时发生从来都不是百分之百确定的。这完全取决于你如何看待这两个事件。思想实验真正酷的地方在于，你不需要实验室或设备，甚至不需要计算器。你只需要运用你的大脑和想象力。”

“就像我想象一个十二岁的女孩可以教我任何东西一样。”乔纳森·菲利普斯对坐在他左边的学生轻蔑地嘟囔着。

马克斯再次选择忽视。

“这是爱因斯坦著名的思想实验之一。”马克斯走到黑板前，开始画一列有几节车厢的火车，上面有两个卡通爱因斯坦形象——一个在火车上，一个在站台上，还有两道闪电分别击中了站台的两端。“好吧，我们有一名观察员站在这里，站在火车站台的中间，另一个观察员在一辆驶入车站的火车上。火车以接近光速的速度行驶，我猜这是一列早期的子弹头列车。”

报告厅里的学生都笑了。

“闪电在同一秒击中了站台的两边。站台上的观察员正好在两道闪电中间——与每一道闪电的距离相同。

“站台上的观察员看到了什么？”马克斯问她的学生。

第三排的一个学生说：“同时袭击的闪电。”

“嗯。那乘客呢？就是行驶的火车上的观察员呢？”

没有人回答，但每个人（也许乔纳森·菲利普斯除外）都在思考这个问题。

“爱因斯坦教授告诉我们，”马克斯继续说道，“对于行驶中的火车上的观察员来说，发生在火车行驶方向上的事件似乎发生在它后面的事件之前。因此，对我们的乘客来说，闪电会击中站台的某一端，也就是与火车前进方向相同的那一端，然后再击中与前进方向相反方向的那一端——尽管站台上的观察员会发誓说两道闪电是在完全相同的时间击中的。但是当我们加上运动因素时，事情同时发生的概念就被抛到窗外去了。”

“要我说，闪电在那里，又不在那里！”菲利普斯说，“因为量子力学！”

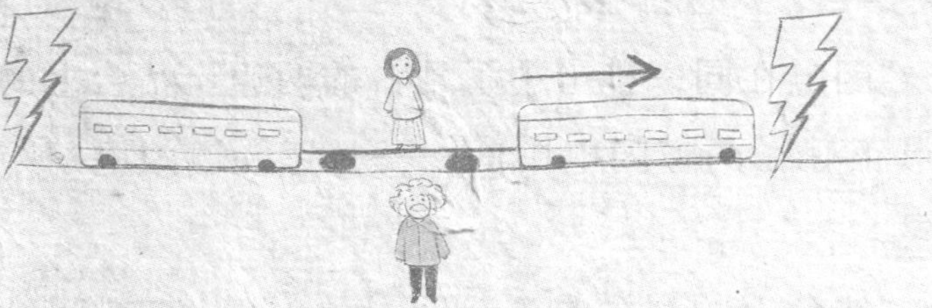

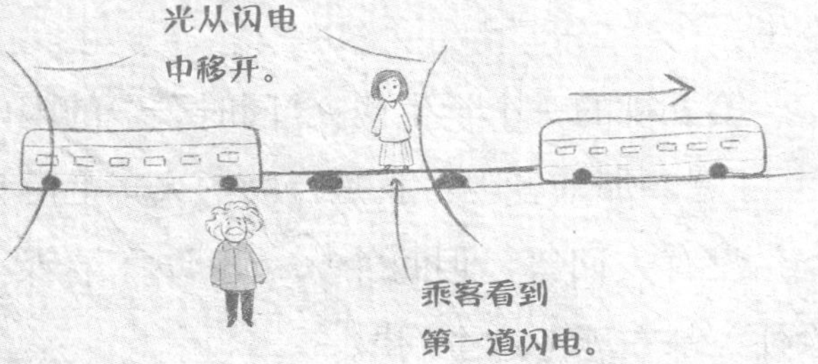

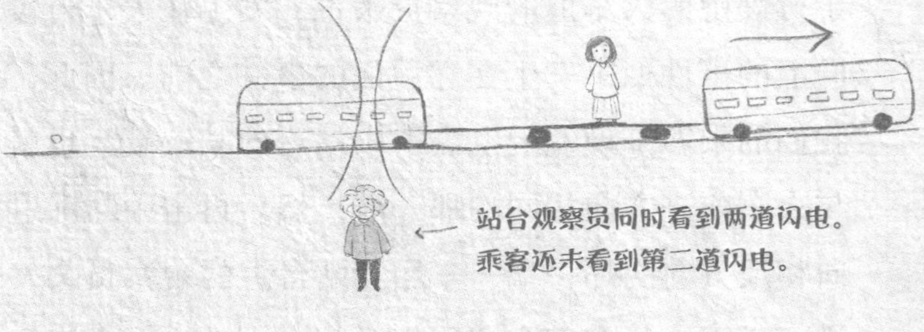

站台观察员同时看到两道闪电。
乘客还未看到第二道闪电。

闪电击中两次。

在同一时间?

这取决于你从哪里看。

“菲利普斯先生，如果它已经被观测到，那就不是了，”马克斯说，“在这个思想实验中，它已经被观测到了，还是两次。”

菲利普斯站了起来。

“哦，看来你还是读过一两本关于量子力学的书的。”他说着，开始往前走，好像要挑战马克斯。马克斯的保镖贾迈勒和丹尼突然对周边的环境开始警惕起来。

“是的，”马克斯说。“我熟悉‘不确定性原理’。月亮今晚出来了吗？答案是肯定的，也是否定的。它既存在又不存在——直到我抬头看到它在夜空中。”

“那为什么你的偶像爱因斯坦教授不能接受现实是如此怪异？为什么他不相信量子力学的怪诞呢？”

“因为他错了。我猜，菲利普斯先生，你一定从来没有去过……”

“哇哦，”其他 271 名学生发出了嘈杂的声音。一些人开始掏出智能手机记录下这场对抗。这种对抗的力量就像思想实验中创造闪电的源头一样。

“然而，”马克斯继续说道，“在试图推翻‘不确定性原理’的过程中，爱因斯坦确实发现了‘量子纠缠’。”

菲利普斯走向前。“量子纠缠？有东西卡在你的头发上，你就叫它量子纠缠吗？还有，顺便问一下，要退款我该找谁？我付了学费不是为了听一个十二岁的小女孩说教的。”

他又向前迈了一步，这一步迈得很大。

贾迈勒和丹尼瞬间来到了他身边。

报告厅里的每部手机都拍下了乔纳森·菲利普斯被摔在地板上的画面。

第二天早上，马克斯与乔纳森·菲利普斯的对峙出现在了《哥伦比亚每日观察家》的头版，标题令人震惊：

《客座教授保罗·埃伦费斯特是谁？为什么这个十二岁的物理天才需要专业保镖？》

下面是一张乔纳森·菲利普斯被贾迈勒和丹尼摔到报告厅地板上的照片。

菲利普斯紧紧抓着马克斯上课时发的作业，纸张已经卷起来了。菲利普斯的成绩本来是A，但既然他这么讨厌，马克斯就把它改成了A-。但后来，在和阿尔伯特·爱因斯坦交谈后，她意识到这是错误的。

事实上，马克斯并没有和这位历史上最著名的物理学家交谈过。毕竟，爱因斯坦教授1955年就去世了。但她确实在脑海中与他进行了想象式对话。他的声音很温和，听起来就像一位慈祥的祖父。

“以你希望被对待的方式去对待菲利普斯先生，马克斯。”她心中的爱因斯坦告诉她。

“但是他从未对我表示过任何尊重。”

“所以你希望堕落到他那样的水平？”

“不，我不想。”

“很好。以身作则不仅仅是一种教育方式，也是很重要的教学方法。”

菲利普斯做了这项作业，他就应该得到应有的赞扬。所以，马克斯做了她唯一能做的事（尤其是在向她的内心导师确认之后）。她用红笔垂直一挥，把恶毒的A–变成了闪亮的A+。

本一定是看到了头版的文章和图片。他在早上7点32分给马克斯发了一条紧急短信：

本周不再上课。保持低调沉默，保证自

身安全。我会和你联系的。

她已经很低调了！现在本想让她缄默不语？

马克斯赶紧下楼找她的保镖（由于南希·汉克的阻拦，现在他们住在一辆停在宿舍外面街道上的房车里）。

“这可能会暴露你的身份，马克斯，”贾迈勒一边说，一边用手敲着一份报纸，“你今天应该待在室内。”

“我们可能需要快速撤离。”丹尼补充说。

“如果‘公司’看到报纸上的那篇文章……”贾迈勒的话没说完，但他让这种想法悬在了每个人的心头。

“是啊。”马克斯说，这下她完全开窍了，“我们可能又要搬家了，抱歉。”

“这不是你的错，”丹尼说，“那个叫菲利普斯的孩子太过分了。嘿，如果阿尔伯特·爱因斯坦都可以犯一两个错误，那么任何人都可以。”

马克斯回到她的房间，重读了一些团队其他成员寄给她的信件，他们都已经回家与家人团聚了。

家。

家人。

马克斯这两样都没有。她才在哥伦比亚大学待了两个月，现在，由于报纸上的照片，她可能又要搬家了。

她看了看克劳斯从波兰寄给她的明信片。明信片寄到了她原来的住处——马厩上面的公寓。克劳斯有点爱吹牛，而且极度自我。但他非常聪明，尤其是在机器人和人工智能方面。

他还认为自己应该接替马克斯做CMI团队的组长。

“如果成为‘天选之人’的压力对你来说太大了，”克劳斯写道，“请知悉，我已经准备好，愿意并且能够在你方便的时候，尽早承担起这个沉重的任务。”

难道克劳斯是一个吃了太多香肠的自负小丑吗？还是说他只是个聪明的孩子，但有一种自卑感，必须不断地通过吹嘘来膨胀自我？这也是相对的。这一切都取决于你问的是哪一天，以及克劳斯刚刚做了什么——是精彩的事情还是怪异的事情。

由于马克斯在今天剩下的时间里或多或少地被限制在宿舍里，她做了她往常坐立不安、困惑不解或睡不着觉时经常做的事情：她又和阿尔伯特·爱因斯坦聊了起来。

和爱因斯坦的对话又一次出现在马克斯的脑海里。

实际上，她并没有真的看到爱因斯坦坐在她宿舍的椅子上，抽着烟斗，也没有看到他在墙上潦草地写物理公式。事实上，这其实是一场与她自己的内心对话。

“我昨天犯了个错误，”她告诉自己想象中的爱因斯坦，“我被一个我讨厌的学生惹生气了。”

“啊，”她的爱因斯坦回答，“我觉得你对自己太苛刻了。此外，一个从不犯错的人也从来没有尝试过新事物。你知道我的‘宇宙常数[①]’吗？这是我为修正相对论创造的数学术语。”

“是的，”马克斯说，“我研究过你所有的，你知道的，漏洞。”

“你是说我的错误吧。”

“是的。”

“一位名叫弗里德曼的俄罗斯数学家证明了我的错

---

① 宇宙常数：1917 年爱因斯坦在其引力场方程中引入的一个常数，用来表征存在某种“宇宙斥力”，以解释物质密度不为零的静态、宇宙之存在。

误，并由此提出了弗里德曼宇宙模型。”

“是的，我也读到过。”

“所以你看，马克斯，我的错误直接导致了重大的科学突破，更不用说电视上有趣的情景喜剧了。也许你的错误也会带来类似的积极结果。”

“我看不出这种可能。”

“当弗里德曼列出公式，向世界展示我错得有多离谱时，我也有同样的感觉。”爱因斯坦轻声笑着说，“但是记住这一点，马克斯，避免犯错的唯一可靠方法就是不要有新想法。”

突然，敲门声响起。

马克斯喊道：“谁啊？”

“楼下大厅的艾玛。”

马克斯打开了门。

“嘿！”她打了个招呼。

“嘿！”艾玛说，“你超级聪明，对吧？”

马克斯咧嘴一笑。“那是相对的。”

“嗯，我们有个紧急情况。我们需要你的才智和嗅觉来解决这个麻烦！”

马克斯跟着艾玛穿过走廊来到休息室，这个房间里有几把椅子、脚凳、一块白板，外加一台微波炉。这是一个适合一群人一起学习的好地方。

“什么味道？”她问道。

“有人用微波炉加热了一种极臭的东西，结果导致整个房间都散发着恶臭。”

有五个学生挤在大厅里，都捂着鼻子。

“有人有香草精吗？”马克斯问。

“这里是哥伦比亚大学，”艾玛说，“不是我妈妈的厨房。”

“在发热的电灯泡上滴一两滴香草精可以迅速去除房间的异味。”马克斯打了个响指，“对了，烘干纸。”

“我有很多，”艾玛说，“用来洗衣服的。”

“去拿一些来。有没有扇子？”

“我的房间里就有一个。”一个叫麦迪逊的女孩说。

“把它拿到客厅去。我们会把一些烘干纸贴在风扇的后面，也就是风扇吸入空气的那一边。当我们打开风扇时，床单会被吸到网罩上，把它们固定在那里。随着风扇的吹动，我们会得到凉爽、循环的空气，闻起来就舒服多了。”

五分钟后，这个问题解决了。

“太棒了！”艾玛说，“您能来我们这一层住真是我们的荣幸，教授！”

“哼！”走廊里传来一个反对的声音，是管理员南希·汉克。

“我今天早上在报纸上看到了你的照片，”她对马克斯说，“我就知道你的那些保镖只会惹麻烦。他们要是敢在我负责的宿舍区域干这种事，我保证，你被赶出约翰·杰伊厅的速度会比光速还快。听明白了吗？”

马克斯只是点了点头。

“很好。还有，为什么我的休息室闻起来有一股织物柔顺剂的味道？”

马克斯咧嘴一笑。“这样我的朋友们就可以安心学习了。不好意思，失陪了，我得去做我的课堂笔记了。”

马克斯回到房间的时候感觉很好。

就连南希·汉克也没法破坏她的心情。

因为马克斯不知道还有谁刚刚看了《哥伦比亚每日观察家》。

超时角
应力 能量 张量
x 方向上的洛伦兹变换速度
我们都会犯错，马克斯，就像
我的发型一样，它也会出错。

第四章　身份暴露后的老友重逢

“她不在那儿。”带着爱尔兰口音的暴徒马利根说道，他的左手小指缺了大半。“那地方没有人。”他的搭档霍夫曼说，他的声音中带点德国口音。当他生气的时候，就像现在，纹在脖子上的老虎似乎会随着他的脉搏适时跳动。

“这不是你们的错。”他们的老板说道。这是个秃顶的科学家，他的牙齿尖锐且硕大，和他的冷笑毫不匹配。“我们当时的信息过时了，来源也不可靠。”

他们在这位科学家位于波士顿郊外的高科技研究机构会面了。

“我们知道你非常想要她，齐姆博士。”马利根说。

“不仅仅是我，先生们。”齐姆博士搓着细长的双手说，“这是为了西方文明的未来。如果‘公司’的团队中有了马克斯·爱因斯坦，我们就可以制造出更好、更智能的武器，让世界更安全、更有保障。有了她的大脑，人类的潜力将会是无限的。她是释放新的财富和幸福来源的关键。”

马利根看了看霍夫曼，霍夫曼也在看着马利根。

“她不是……好像才十二岁吗，先生？”马利根说。

“她怎么能做到这些呢？”霍夫曼问。

齐姆博士的嘴咧得更大了，就像万圣节过后几天就开始腐烂的南瓜灯一样。

“先生们，她的年龄对她的心智和能力没有任何限制。她姓爱因斯坦是有原因的。”

霍夫曼挑了挑眉毛。“你认识她的家人？”

“霍夫曼先生，这与你无关。不过，如你所说，是的。”

他敲了敲电脑上的回车键。

“今天一大早我就收到了谷歌的提醒，任何与‘神童’‘爱因斯坦’‘物理学’‘量子理论’有关的互联网活动都会触发提示，我已经用我设置的参数和关键词撒了一张很大的网。”

“然后呢？”马利根说，“你找到那个女孩了？”

“哦，是的。”

他点了几下鼠标。屏幕上出现了一张全彩照片，照片中的“神童”保罗·埃伦费斯特正在哥伦比亚大学的课堂上讲课。这位神童站在后面，两名魁梧的保镖将一名桀骜不驯的学生按倒在报告厅的地板上。

“三连击，”马利根说，“在一篇新闻报道中出现了三个你所谓的关键词。”

“真厉害！”霍夫曼补充道。

“它上了哥伦比亚大学报纸的头版，”齐姆博士自豪地说，“朋友们，这就是马克斯·爱因斯坦。就连她使用的化名也暴露了她的身份。保罗·埃伦费斯特是阿尔伯特·爱因斯坦亲密的伙伴之一。”

“你想让我们回纽约吗，齐姆博士？”马利根问道。

“是的，还要带上一些助手。我们可不希望她再从我们的指缝间溜走，对吧？”

“不会的，先生。”

“根据这篇文章，保罗·埃伦费斯特是哥伦比亚大学校园约翰·杰伊大厅的常驻人员。我已经把地图和路线发到你们的手机上了。我们必须找回马克斯·爱因斯坦，重新教育她，让她重新投入到她真正的使命中去。我们必须帮助她认识到她应该成为什么样的人，她应该去往何方！她和我将一起致力于伟大的工作。真正的伟大事业！”

第二天早上，在纽约市，一个带着爱尔兰口音的访客出现在约翰·杰伊大厅。

“我在找马克斯·爱因斯坦。”这位访客对哥伦比亚大学大厅里办公桌前的保安说。

“对不起。这里没有这个人。”

“我说错了，我想她注册的名字应该是保罗·埃伦费斯特客座教授。”

埃伦费斯特教授的保镖曾通知过这些警卫，如果有任何可疑人员来找她，就通知他们。尤其是当他们说出“马克斯·爱因斯坦”这个名字的时候。

保安说：“让我在电脑上查一下。”

电脑屏幕正对着保安，那位听起来像爱尔兰口音的访客看不到屏幕上的内容，所以只有保安知道自己打开了短信界面，并快速输入 10–25，并把它发给了驻扎在外面第 114 街和阿姆斯特丹大道拐角处的房车里的两名男子。

“10–25”表示“当面说”。

“有什么问题吗？”访客问。

“没有，”保安说，“只是找不到埃伦费斯特教授的房间号。”

贾迈勒和丹尼冲进了大厅，速度非常快。

“什么情况，伊迪丝？”贾迈勒问道。

校园保安伊迪丝对着满脸雀斑、红头发的访客点了点头。“她在找马克斯·爱因斯坦。”

“马克斯是我的死党。”西沃恩说，“你们是谁？”

“我们在为阿伯克龙比先生工作。”贾迈勒说。

“你的意思是，本？嗯，我想我也是。我是西沃恩，我和马克斯是朋友。”

丹尼举起手机，拍下了西沃恩的脸。“我们要先用面部识别软件验证你的身份。”

“听着，你们两个呆子，我要和马克斯谈谈，我需要她的帮助。”

“身份匹配，”丹尼的手机播放了一段简短的音频，“西沃恩，CMI团队成员，来自爱尔兰。地球科学专家。她把地球看作是一个病人，地球所患的疾病可以通过科学检查来诊断，并最终得到治愈。她希望有一天可以研发出能够预测地震、飓风和洪水等重大事件的技术。”

西沃恩说：“你在网上找到了我所有的信息？”

贾迈勒解释说：“我们的手机和CMI数据库绑定了。”

“哦。它有没有告诉你，我喜欢日落时分在海滩上长时间散步？”

“这个没有。”

“很好，因为我不喜欢。马克斯在哪儿？”

贾迈勒和丹尼护送西沃恩上了七楼。

马克斯见到西沃恩非常激动，她张开双臂抱住了她的爱尔兰朋友，给了她一个大大的拥抱。

“小心点，马克斯，”西沃恩嘟囔道，“我大老远飞到纽约，可不是为了让肋骨骨折的。”

西沃恩脾气火暴，无所畏惧，在团队第一次去非洲执行任务时，曾帮助马克斯对抗过一些穷凶极恶的角色。

“你们在这里可以吗？”贾迈勒问道。

“我们好得很。”马克斯说，她和朋友团聚的喜悦之情溢于言表。

“你们两个可以退下了，”西沃恩对保镖说，“如果‘公司’的人出现，他们先得过我这关。”

“如果你们需要我们，我们就在街上。”丹尼说。

“西沃恩，我们会报告阿伯克龙比先生，告诉他你在这里。”贾迈勒补充道。

保镖们走出了大楼。

马克斯关上宿舍的门。

“好了，西沃恩，怎么回事？”她问。

“我需要帮助。我们家乡的土地生病了，马克斯。情况非常非常糟糕。”

西沃恩说：“很多人都得了重病。我认为我们村庄地下的土地出了问题，可能全部的地下水都出了问题。”

“有多少人受到了影响？”

“我离开家的时候，有二十多人。包括我的小弟弟谢默思，他像小猫一样虚弱。”

“真是替你难过，西沃恩。”

“谢谢你，马克斯。但是，如果你不介意的话，我想要的不仅仅是你的同情，我想要你的对策。”

“嗯，要评估形势并想出解决办法，我想我需要去爱尔兰进行实地考察。”

“没错。今晚 7 点钟有一班回都柏林的飞机。”

“我走不了。”

“你说什么？”

“本一直跟我说要低调一段时间。”

“你从什么时候开始遵守规则，听从别人的话了？”

马克斯叹了口气。“‘公司’和那个疯子齐姆博士还在追捕我。”

“听着，马克斯，”西沃恩说，“我大老远飞来，机票是我自己买的，我要让你知道我的难处，难道所有这些就是为了听你当面对我说‘不’？”

“但是……”

“这是一个真正的问题，马克斯，不是爱因斯坦教授的思想实验。我知道本会拒绝你去爱尔兰，所以我甚至都没问他。我跳过了中间人直接来找你。我的家乡、我的家人，我们需要你，马克斯·爱因斯坦。”

马克斯理解西沃恩的感受。相对论认为，很多事情都取决于你的视角。对西沃恩来说，家乡爱尔兰的问题是目前全世界最大的问题。

“你渴吗？”马克斯问道，她突然换了个话题，希望这样能争取一点时间。她需要想办法让本也加入进来。这可能是 CMI 的新项目，因为团队中的一个人需要帮助！

“啊？”西沃恩问道，“你说什么？”

“我问你渴不渴。我意识到我是一个非常失礼的主人，没有给你提供任何茶点。”

西沃恩的脸色稍稍缓和下来。“如果你有冰可乐，我要一杯。今天外面太热了。”

“我知道！”马克斯在她床下翻了翻，找到了一袋杂货。

“我有可乐，”她说，“但这是常温的。”

“24 摄氏度。”西沃恩说。

“75 华氏度。”马克斯说。

“嗯，在冰箱里把它冷却到想要的温度大约需要二十分钟。”西沃恩说，“如果你把这个罐子放在一个冰桶里，然后加水来加速冰的融化，从而加快其冷却速度，它就会在大约六分钟后达到你想要的温度。”

马克斯点点头。“如果我们在冰块中加入岩盐，冷却时间就会缩短到两分钟多一点。”

“那么，你的桶、冰块和盐呢？”西沃恩说。

“对不起。这是宿舍，不是酒店。”马克斯打了个响指，“哈哈！有办法了，来。”

她扔给西沃恩两罐常温的可乐。

“我们要去哪里？”

“大厅墙上安装了一个二氧化碳灭火器。”

西沃恩咧嘴一笑。“哈哈，这真是一个好主意！”

她们匆匆出门。门关上的时候，马克斯弯下腰把一个小金属垫圈放在门槛正前面的地板上。

“马克斯？”西沃恩说，“你在干什么？”

“为了预防不速之客的到来。”

“我们能先开罐可乐吗？手里拿着可乐却不能喝，这让我更渴了！”

马克斯领着西沃恩来到灭火器柜前。

她们把两个可乐罐放在地上，用灭火器的喷嘴对准可乐瓶，按下了压把。

当白雾散去，西沃恩和马克斯清洗并打开了可乐罐。

“5 摄氏度！”西沃恩说，“完美。”

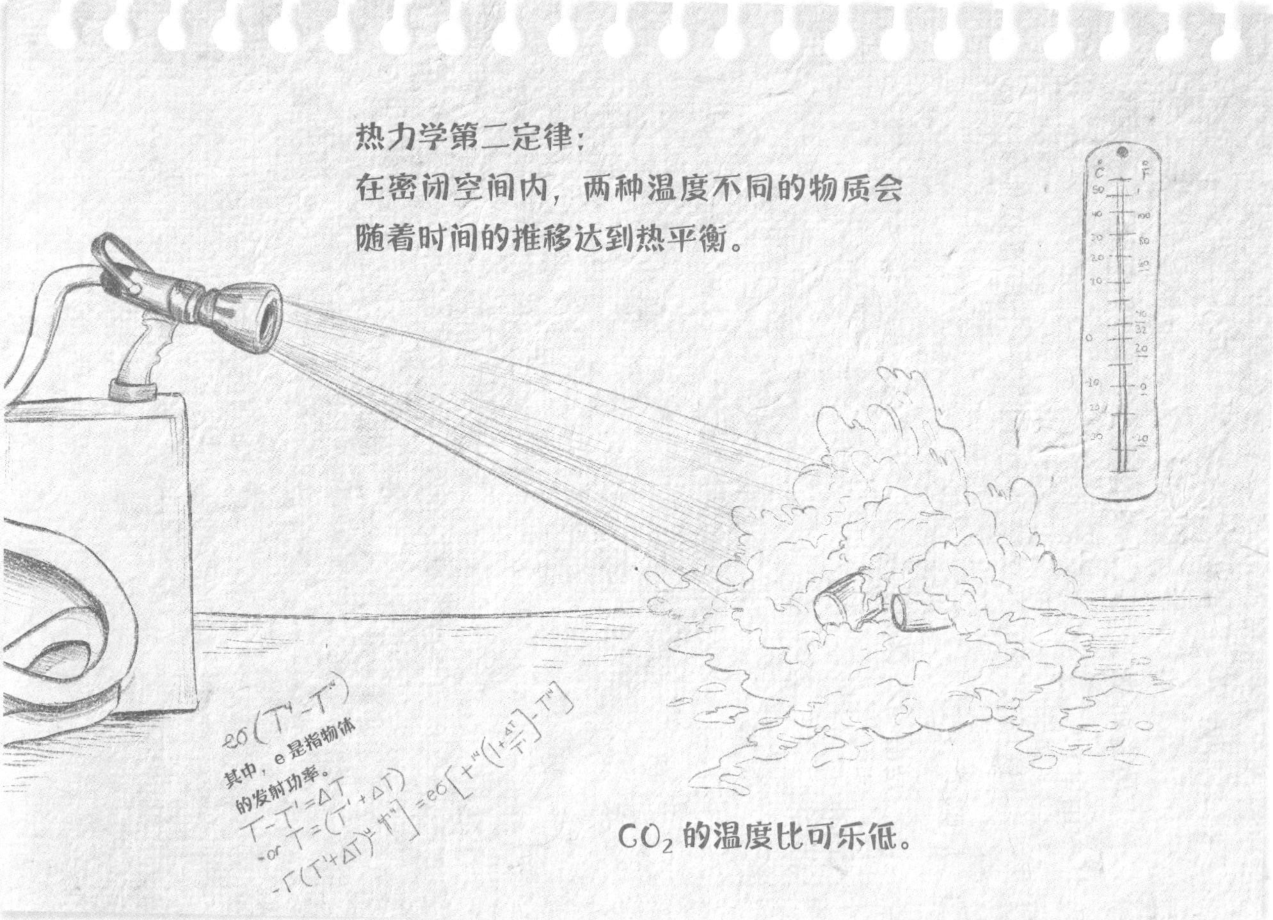
热力学第二定律：
在密闭空间内，两种温度不同的物质会
随着时间的推移达到热平衡。
其中，e是指物体
的发射功率。
CO_2 的温度比可乐低。

马克斯抿了一口，表示同意。“热力学第一定律起作用了！”

“这所大学可不是法外之地！”一个声音在他们身后喊道。

是南希·汉克。

第五章　退敌的声波武器

“我这层楼有一个孩子就够糟糕的了，”这位宿舍管理员尖叫道，“现在变成了两个？就这样吧，你们得离开这里。”

西沃恩一直在喝她的冰可乐，当着南希·汉克的面打了一个长长的嗝。

“对不起，”西沃恩得意地笑着说，“压力的自然释放。你知道奶牛也会打嗝吗？”

“不知道，”南希说着，对着她鼻子前的空气挥了挥手。

“嗯，”西沃恩说，“我想你可能对牛和它们身体的所有功能都很熟悉。”

“来吧。”马克斯说。

“我们去哪里？”西沃恩问道。

“楼下。我们会和贾迈勒、丹尼一起回来的。”

“我才不怕你那两个保镖！”南希说，“哥伦比亚大学的其他人也是如此！”

“他们应该也不怕。”西沃恩说，“我记得第一次见到那两个家伙时吓了我一跳。”

“来吧，西沃恩，”马克斯说，“我们会走的，不过，南希？”

“怎么了？”

“请不要碰我房间里的任何东西。”

“这已经不是你的房间了。”南希说。

“让我们等着听物理系主任在接到一位名叫本杰明·阿伯克龙比的慷慨捐赠者的电话后会怎么说吧。”

“太对了。”西沃恩说着，又打了个嗝。

她们走下台阶，推开出口的门，走到闷热的空气中。

“那是他们的指挥中心。”马克斯指着停在路边的房车。

“希望里面有空调。”西沃恩说。

“一旦我们解决了这个问题，”马克斯说着，带头走上人行道，“我们就会想办法解决你家乡的问题。”

马克斯没有把这个想法说完。因为有两个人从房车里出来了，但不是贾迈勒，也不是丹尼。

“这边走。”马克斯低下头说，她转身加快了脚步，

“那些看起来很讨厌的家伙是谁？”西沃恩低声说。

“就是洗劫我旧公寓的人。”

“什么？”

“他们为‘公司’工作。温斯托克先生——他是查尔和伊莎贝尔的朋友——给我看了监控录像，就是这两个人把我以前住的地方给翻了个遍。”

“你真的被追捕了。”

“是的。”

“我还以为你之前那么说只是因为不想大老远飞到都柏林。”

“实际上，我希望我已经完全掌握了量子纠缠的力学原理，这样我们现在就可以把我们的身体粒子传送到爱尔兰去！”

马克斯朝她肩膀后面瞥了一眼。一辆原本停在贾迈勒和丹尼的房车后面的黑色 SUV[①] 开走了，速度

① SUV：运动型多用途汽车。

很快。

当它经过时，一束刺眼的阳光穿过有色车窗。马克斯辨认出后座上那两个熟悉的身影。

贾迈勒和丹尼。看起来他们的手被铐在背后了。

“他们人手多，”马克斯说，“而且他们还抓了贾迈勒和丹尼。”

“去哪儿？”西沃恩问道。

马克斯无法决定。

“嘿！”一个带爱尔兰口音的男人喊道，“是她，那个满头鬈发的女孩。”

是的，这就是马克斯那乱蓬蓬的拖把发型的坏处。这让她在人群中非常容易被发现，即使是在50码[1]之外，这也是这两个“公司”暴徒对她的全部了解。

“别让她跑了！”另一个男人喊道。

“西沃恩？”马克斯说，“他们只想抓我，你应该逃跑。”

“说得对，好像真是这样。可逃到哪里呢？”

马克斯扫视了一下周围的建筑物。

① 码：英制中的长度单位，1码合0.9144米。

“从图书馆抄近道，到院子里去！”

“估计我们没时间找本好书了。”

“也许下次吧。”

说完，两个人拔腿飞奔，那两个人也追了上来。

马克斯和西沃恩跑进了图书馆，穿过书架和自习室，从大楼的另一头出来，这样她们就来到了哥伦比亚大学校园中心的草地上。

“他们正在逼近，”西沃恩说，“速度等于距离除以时间。随着时间的推移，我们之间的距离会缩小，因为他们的速度更快。”

马克斯说：“我想到了个好主意！”

“什么？”

“来吧。我们需要一点瞬时速度！我知道有个实验室做过一些关于‘波’的实验。”

马克斯和西沃恩加速向前冲刺，冲过了迷宫般的建筑出入口，最终进入了物理学大楼。两个暴徒还在她们身后，只是离得稍远了一点。

“我们来啦！”马克斯说着，打开了一扇通往实验室的门，“可以借用一下信号发射器。”

“为什么？”

“做一个声波武器！”

“就像音爆[①]一样？”

“不。他们什么也不会听到，但肯定会感觉到！”

马克斯迅速将发射器连接到一个音箱上。

“帮我把那个木箱拖过来，”她对西沃恩说，“我们要把扬声器放在里面，这样爆炸力会更大，会把箱子变成一门声波炮。”

西沃恩和马克斯把空箱子搬过来，撑开箱盖，把沉重的音箱搬了进去。马克斯把一串电线从发射器连接到扬声器，再连接到音箱。

“马克斯？”西沃恩低声说。她跪在门口，凝视着大厅。

“怎么了？”

“那两个笨蛋在试大楼里的每个门把手，他们很快就会找到这里了。”

“看这个，”马克斯说，“我在护目镜旁边发现的，

① 音爆：一般指轰声。轰声是指飞行体在超音速飞行时产生的冲击波传到地面形成的爆炸声。

戴上。”

“耳机？”

“降噪耳机。”

“这有什么用？”

“保护我们免受刚刚发明的非致命武器的伤害。”

西沃恩看起来很困惑。“我们到底是什么时候发明了武器？”

“就刚才，这个发射器会产生 5 到 9 赫兹的声波。”

“这个频率低于正常人类听觉范围的下限——20 赫兹。”西沃恩说。

“正确，我们将把这些声波发射出去，即使我们听不见。人们虽然听不到频率低于人类听觉范围的声波，但还是可以感受到的。次声波会使人出现眩晕、耳鸣和其他症状。我们会让那两个目标动弹不得，但不会造成任何永久性或严重的伤害。”

“我们还是很仁慈的，不是吗？”

“如果击中棕色音符就不会了。”

“那是什么？”

“一种假设的次声波频率，会导致人类因共振而失去对肠道的控制。”

“他们会大小便失禁？”

“理论上讲是这样的。”马克斯说。

“耳机给我！”西沃恩说，“我只带了一条换洗短裤。”

马克斯和西沃恩戴上耳机的时候，实验室的门突然被打开了。

“你们在这里！”操着爱尔兰口音的男人咆哮道。

马克斯扳动了一个开关，紧接着和西沃恩逃离了房间。

没有任何的声音，只有大量人们无法听到的次声波。

那两个人的手都举到了头顶。他们的眼球开始颤抖，双腿变得绵软无力。

爱尔兰口音的人抓着裤子，一脸尴尬的表情。

两个人都蔫了，瘫倒在地。

“可能要很久之后他们才会想起自己是谁，身在何处。”马克斯说着，和西沃恩把耳机扔进大厅的垃圾箱里。

“现在去哪儿？”西沃恩问。

“先去我房间，我要拿点东西。”

人类的听觉范围：

20—20000Hz

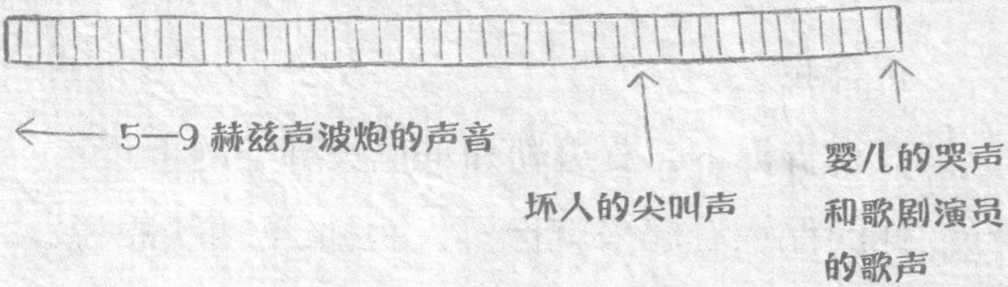

“什么？马克斯，你疯了吗？他们知道你住哪里。这就意味着‘公司’也知道你住在哪里。另外，他们还劫持了你的保镖。”

“没错。不过，大概三十分钟到一个小时之后，他们才会有力气来追我们。”

“其中一个有着爱尔兰口音。”西沃恩说，这时她们正穿过校园的院子往回走。

“是的，”马克斯说，“我注意到了。我怀疑‘公司’是在追捕你而不是我。”

“不，我不是‘天选之人’。”西沃恩开玩笑。

“也对。”

“好吧。去你的房间，拿上你的东西，然后我们去哪里？”

“爱尔兰怎么样？我听说有个村庄需要一些女性的力量。”

“正合我意。”

“我得告诉本，贾迈勒和丹尼被绑架的事。”

“你的保镖看起来就像军人一样，”西沃恩说，“估计他们可以自己处理。即便已经逃脱了，也不足为奇。”

“希望如此。”

她们原路返回，来到了约翰·杰伊大厅。

“走吧，”马克斯说，“我们走楼梯。”

“上七层楼？”

“我们要避开大厅，那里可能有埋伏。”

“有道理。”

马克斯带头往上走。

“真希望再来一杯可乐。”西沃恩说，她们爬着楼，喘着粗气。

“再爬一层。”马克斯说。

“带路吧。”

她们成功到了七楼。

“我需要我的手提箱。”马克斯说着，朝大厅走去。

“就是那个装满爱因斯坦纪念品和书籍的箱子吗？”西沃恩说，她还记得在CMI团队的第一次任务中马克斯的那个便携手提箱。

“是的，那张爱因斯坦的照片是我记得的第一件东西，当我还是……”

马克斯把右手手指放在嘴唇上。

她早先放在地板上的金属垫圈此刻正吸在贴在门底的磁铁上。

这是一个简单的“防盗报警器”。如果有人趁她外出时打开了门，磁铁就会吸住金属垫圈。

马克斯转向西沃恩，用口型暗示：“有人在我的房间里！”

“我们应该直接离开！”西沃恩低声说。

马克斯摇了摇头。“拿不到手提箱，我不能走。”

但谁在她的宿舍里？她的保镖？还是更多身着黑色西装的“公司”特工？还是那烦人的宿舍管理员正剥去马克斯的床单，把她的物品扔进垃圾堆，为新住客把房间收拾得又漂亮又整洁？

但那个手提箱是她最珍视的东西。事实上，除了几件衬衫、几条裤子和一件松软的风衣（她肯定也会把那件风衣带上），它差不多是她唯一的财产了，是她与过去唯一的联系，见证了她全部的历史。

马克斯有时会冲动行事，然而事后她就会后悔。

这次可能又是这样。

她抓住门把手拧开了门。

“嘿，伙计们。”一个友好的声音传来。

“蒂莎？”马克斯说。

“你在这里做什么?”西沃恩问，三个朋友欢呼雀跃地拥抱在一起。

作为马克斯CMI团队的另一名成员，蒂莎是来自肯尼亚的生物化学家(她13岁就已经获得了博士学位)，她的父亲是整个非洲非常富有的实业家之一。当三人在非洲探险中直面坏人时，蒂莎一直站在马克斯和西沃恩身边，支持着她们。那种恐怖的、令人肾上腺素飙升的情况，可以让人们成为终生的朋友。马克斯、西沃恩和蒂莎的友谊就是这样建立起来的。

“你是怎么进入我的房间的?”马克斯问。

“你之前教我的用信用卡来开锁，还记得吗?”

“哦，”马克斯说，“对了，你爸爸很有钱，你还用信用卡?”

蒂莎笑了。

“你怎么知道马克斯在哪个房间?”西沃恩问道。

“CMI给了我她的邮寄地址。”蒂莎说。

“寄那种慢得要命的信吗?”西沃恩说，“那是上个世纪的事了。”

“我知道，”蒂莎带着灿烂的笑容说，“但我想给马克斯送一份来自卢本巴希的朋友的小礼物。他们真的很喜欢太阳能发电。”

“他们给我寄来了一个手工缝制的爱因斯坦娃娃，”马克斯说，“就在我的手提箱里。”

“你得立刻拿上这个。”西沃恩说。

“还有我的风衣。”

“好主意，我离开爱尔兰的时候正在下雨。”西沃恩转向蒂莎，“我们不能待在这里了。之前，有几个‘公司’的暴徒在追捕马克斯。估计其中一个现在已经换上了干净的内裤。”

“什么意思？”蒂莎问。

“说来话长，”马克斯合上了她的手提箱，啪的一声把搭扣扣上，“拿上你的背包，西沃恩。”

“好嘞。”

“我只有这些。”蒂莎指了指一对配套的行李箱。

“你打算在美国多待一段时间？”西沃恩说。

“不，西沃恩。我想跟你和马克斯一起去爱尔兰。”

“你说真的吗？”西沃恩用温和的语气问道。

“是的。”

西沃恩转向马克斯。“其实我们一直在互通信息。”

“是我鼓励西沃恩来这里说服你加入我们的，即使本没有正式批准。”蒂莎补充道，“这正是 CMI 应该做的事情！这个世界是不会自救的，马克斯。”

“本！”马克斯叫了起来。

“嗯？”蒂莎和西沃恩说。

马克斯拿出她的专用手机。“这是紧急情况，他能给我们提供一个安全的地方让我们过夜。”

“七点钟有飞往都柏林的航班。”西沃恩说。

“我会跟本说的。”马克斯笑了笑，拨通了本的私人电话。

本不喜欢这个乘飞机去爱尔兰的想法。他和往常一样，有自己的其他想法。

“去找温斯托克先生吧，在你们通常的会合点。”

“好的。但是，本？”

“怎么了，马克斯？”

“我们真的应该帮助西沃恩的家乡。”

“我会仔细考虑你的建议的，会认认真真考虑，马克斯。”

没错，有时候本说的话听起来更像是四十岁而不是十四岁。

“我很担心贾迈勒和丹尼。”马克斯告诉他。

“他们很好。目前正在纽约警察局的第二十六分局协助追捕两名潜逃的绑架者。”

“他们逃出来了？”

“是的，”本说，“只花了十五分钟。我只雇佣最好的人，马克斯，去会合点吧。‘公司’已经知道你的位置了。你在哥伦比亚大学里的任何地方都不安全。”

“哪里会比较安全呢？”

“温斯托克先生那里有你想要的答案，祝你好运。”

“想跟西沃恩和蒂莎说点什么吗？”马克斯问，“她们也都在这里。”

“不了，”本说，他不是很擅长社交，“祝你们今天过得愉快。”

马克斯、西沃恩和蒂莎把她们的行李从楼梯间拖下来，向东去往第116街地铁站。

“坐C号线去西四街。”马克斯告诉她的朋友们，“就在华盛顿广场公园附近。”

当三个人带着为数不多的行李逃离哥伦比亚大学时，马克斯再一次感受到了自己与阿尔伯特·爱因斯坦的联系。当然，他是一个天才，一个物理学家，一个诺贝尔奖得主。但他同时也是一个难民，当纳粹宣布他的发现不属于德国时，他不得不逃离德国。他来到了美国，在那里，他有时会对在新泽西州普林斯顿舒适而优越的生活产生复杂的感情。他写道："当其他人都在挣扎和受苦时，我却生活在这样一个地方，我为此感到羞耻。"

马克斯对自己在哥伦比亚大学躲藏的那段时光也深有同感。

只不过，到最后，她真的是没有地方可住了。

那里只是一个要逃离的地方。

第六章　神秘反派加入追捕

“她逃跑了？”齐姆博士对着他的电话喊道，“你再说一次？”

“她对我们做了一些奇怪的事情。”马利根先生说。

霍夫曼先生补充说：“她让我们中的一个人拉肚子了。”

“你也躺在地板上哼哼唧唧了！”马利根先生喊道。

“也许吧，但我没把自己弄得一身脏。”

“够了，”齐姆博士怒火中烧，“那你们团队的其他人呢？”

“他们被当地警方拘留了，”马利根先生说，“马克斯·爱因斯坦有一些非常得力的私人保镖。”

“是的，”齐姆博士说，“也许我们应该为‘公司’

招募那些保镖。”

“你想让我们再回到她的宿舍？”马利根先生问，“在那里抓住她吗？”

“她不在那里了，”齐姆博士办公室里的年轻客人咯咯地笑着说，“她很聪明。如果她再回到一个被追捕者知道的地方，那就太蠢了。马克斯·爱因斯坦是个天才。所以，她现在不在哥伦比亚大学。”

电话那头一片寂静。

“是谁在说话？”马利根先生问道。

“莱纳德，”齐姆博士说，“他是我的新助理。”

莱纳德又咯咯地笑了。

“你们等待进一步的指示吧。”齐姆博士说。

他关掉了免提，转过椅子，面对着名叫莱纳德的人形机器人。没错，他是一个机器人，仿真得令人毛骨悚然。他就像一个十三岁的男孩，黑黑的头发似乎已经融化在了他的头顶上。他的皮肤极具弹性、眼睛炯炯有神，面部器官高度逼真。

对于这个机器人来说，一旦马克斯被“公司”控制，他就能更好地与她一起工作。

这就是他们的大计划——让马克斯与这个星球上

最复杂的、人工智能驱动的机器人合作。“公司”对量子计算机有着浓厚的兴趣。要是马克斯和莱纳德能够合作，他们就有机会完全控制这项革命性的新技术。

齐姆博士已经说服了机器人工程师，让莱纳德的外形设计要符合一个十二岁女孩的审美。这就是为什么他们会以最受青少年欢迎的偶像为模型来塑造莱纳德的脸。他的身体——一个由电线组成的铰接式金属框架——被包裹在时髦的运动外套中。至于他那烦人又不合时宜的傻笑呢，据“公司”的机器人工程师说，那是一个小故障。

“她在哪里？”齐姆博士问莱纳德。

“你熟悉我的操作系统吗？”莱纳德问。

“是的，”齐姆博士说，“你的工作方式是机器学习加上文本和数据挖掘。我们为你提供数据，你通过这些内容找出规律。”

“正确。我的智慧取决于我的数据输入。我只知道那些数据所提供给我的信息，到目前为止都是一些无用的信息。”

“但我们没有给你提供无用的信息，莱纳德。”

“正确。事实上，我已被授权可以访问纽约市所有的监控摄像头。通过我的面部识别软件，我可以很容易地识别出马克斯。你对她上周二在哪里感兴趣吗？”

“不太感兴趣。”

“在阿姆斯特丹大道1226号的苹果树市场买了6罐可乐和一些薯片。”莱纳德说着，然后咯咯地笑了起来，好像他觉得这个街道地址很有趣，“薯片，一种由马铃薯制成的零食。”

“我对马克斯上周二在哪里不感兴趣，也不关心什么薯片。”齐姆博士说，他尽力让自己的声音听起来像一个拥有聪明儿子的耐心父亲，“她现在在哪里？”

“参照所有内部数据，我可以推算出她目前可能在的位置，置信度为98.9%。”接着又是一阵傻笑。

“在哪里？”

“华盛顿广场公园。她经常在经历了不好的事情后去那里和一个戴着帽子的老人下棋。我正在查看监控录像。缓冲……如果我没看错的话，她叫这个老头温斯托克先生，当然，我没看错。我的读唇语软件相当先进。齐姆博士，你想下棋吗？”

“不，谢谢你，莱纳德。我得再打个电话。”

“当然。你要联系马利根先生和霍夫曼先生，建议他们立即到华盛顿广场公园抓捕马克斯。”

“是的，你说的没错。”

“我通常是没错的。尤其是在分析像你这样极易预测的人类时，齐姆博士。”

然后莱纳德咯咯地笑了起来，足足有五分钟。

马克斯、西沃恩和蒂莎飞快地冲出地铁，直奔华盛顿广场公园。

温斯托克先生不在那里！

“那就是我们通常见面的地方，”马克斯说着，指了指那边的一张空棋桌。这张桌子两边的长凳没有人坐，其他桌子都坐满了人，他们正在玩游戏，但温斯托克先生并不在其中。

在远处，马克斯看到两个黑色的人影正沿着公园的小路移动。他们的眼睛紧紧盯着手中的电话。西沃恩也看到了他们。

“又是那两个家伙，”她说，“就是在校园里追赶我和马克斯的人。”

“他们是怎么知道去哪里找你们的？”蒂莎问道。

马克斯小声说：“他们手机上肯定有专门的应用

程序。”

“你觉得你的温斯托克先生给我们下了套吗？”西沃恩问道，她愤怒地攥起拳头，“他也在为‘公司’效力吗？”

“值得怀疑。”马克斯说。

“我们该怎么办？”蒂莎问道。

马克斯望向街道，她看到一辆摩托车停靠在路边。

可惜她不知道没有钥匙要怎么启动摩托车。另外，一辆摩托车大概坐不下三个人。

突然，一辆小汽车嘎吱一声停了下来。

“马克斯？”伊莎贝尔喊道。当然，是伊莎贝尔开的车。她是一个技术高超的司机。如果伊莎贝尔不是为 CMI 工作，她完全可以为好莱坞做汽车特技表演。查尔坐在前排的副驾上，那里很可能藏着某种武器。

看到查尔和伊莎贝尔，马克斯非常高兴。另一方面，她又不太高兴伊莎贝尔喊出她的名字，因为“公司”的那两个人也听到了。他们放下手机，穿过公园冲了过来。

“往小汽车那里跑，”马克斯朝西沃恩和蒂莎喊道，“快跑！”

她们拔腿就跑。

马克斯迅速扫视了一下周围的环境。

她认出了其他几个棋手，包括斯奎奇，一个脾气很坏、很暴躁的家伙。

“对不起，伙计们。”她喃喃自语道。她一边沿着桌子跑，一边摇晃着她的手提箱和大衣的衣角，尽可能地把所有的棋子都打落下来——它们都飞到了人行道上。

“怎么，你这个小……”斯奎奇喊道。

他和其他十几个非常严肃、非常愤怒的棋手从桌子上跳起来，开始跟在马克斯后面跑。马克斯径直朝两个从相反方向冲过来的坏蛋跑去。

那群愤怒的棋手跟在她后面跑，那两个坏蛋朝她跑过来，是时候应用牛顿第三运动定律了。

当追她的两组人马相距大概三英尺[①]时，马克斯猛地一弯腰，快速向左边闪去。

棋手们和“公司”的人却没有躲闪。

他们发生了碰撞，导致他们之间受到了相等且相

① 英尺：英制中的长度单位，1 英尺合 0.3048 米。

反的力。换句话说，这群人最终被撞得摔倒在地。

马克斯冲上人行道，把手提箱扔进小汽车的后座，和朋友们一起爬了进去。

“我们不能待在这里！”她喊道。

“知道了。”伊莎贝尔说着，把油门踩到了底。

“对不起，我们来晚了。”当小汽车飞速驶离公园时，查尔在呼啸的引擎声中喊道，“你们饿了吧。我们停下来吃点东西，就在后面的袋子里。”

“温斯托克先生在哪里？”马克斯问。

“很安全，”查尔说，“本也想到了这一点。”

伊莎贝尔在百老汇大街来了一个急转弯。

“不！”蒂莎喊道。她扭头看了看快速行驶的小汽车的后面，一辆飞驰的摩托车紧紧跟着他们。

那是“公司”的人，脖子上有文身的那个，离他们只有半个街区远。

和马克斯不同的是，这个人知道如何不用钥匙启动摩托车。

“他快追上我们了。”西沃恩喊道，她也转过身来目不转睛地看着摩托车上的疯子。

伊莎贝尔开着这辆运动型小汽车，穿梭在纽约市交通堵塞的主干道上。紧随其后的那辆摩托车以“之”字形行驶，每一条行驶轨迹都完美匹配伊莎贝尔小汽车的轨迹。

“伊莎贝尔？”马克斯叫道，“你有移动的红外线发射器吗？”

“你是说交通信号抢占器？”查尔说，“那是非法的。”

“紧急车辆除外，”马克斯说，“我们遇到了紧急情况。”

“这就是一辆紧急车辆。”伊莎贝尔说着，伸手抓过一个装在吸盘上的小黑盒子。她把它拍在挡风玻璃上，轻按开关。小黑盒子开始发出嗡嗡声和咔嗒声。

“这是什么玩意？”西沃恩喊道，这时小汽车在百老汇大街呼啸而过，马上要经过一个红灯。

“一个 12 伏的闪光灯，可以在 1500 英尺的距离之外把交通信号灯从红色变成绿色。”马克斯解释说。

“别开玩笑了，”蒂莎说，“那是不可能的。”

信号灯变绿了。

“移动红外线发射器二十多年前就被发明出来了，”

马克斯在一阵呼啸的风中尽可能耐心地解释道，风把她那蓬松的鬈发吹得像一群在二手车停车场外疯狂跳舞的充气舞者，“移动红外线发射器的发明是为了让救护车、警车和消防车中的急救人员能够更快地到达需要去的地方。”

说话间另一个灯也从红色变成了绿色。

“这很有趣吧？”西沃恩笑着说。

百老汇大街上的红绿灯一个接一个地服从了伊莎贝尔的移动红外线发射器。

“好吧，”马克斯说，“我们有了不间断的前进动力。现在只需要利用它来解决身后的这个家伙。”

“我有个主意。”查尔把手伸进他的黑色夹克里。

“不能向他开枪，你这个笨蛋！”西沃恩说，“周围都是无辜的平民。”

“不需要枪，”马克斯说，“我们有这些！”

她把手伸进装汉堡的大纸袋里。

“芝士汉堡？”蒂莎不明白。

“大份汉堡加奶酪。”查尔说。

“完美！”马克斯说，“力等于质量乘以加速度。”

“需要我加速吗？”

“不，只要保持稳定就行了。”

当百老汇十字路口的红绿灯不断从红变绿时，伊莎贝尔尽量减少了急转弯的次数。

“打开你的弹药包，”马克斯说着，把一个胡桃夹子递给蒂莎和西沃恩，“把最上面的面包拿掉，瞄准目标。”

那个骑摩托车的家伙摇了摇他的手腕，给他那台呜呜作响的摩托车加足了油。

“他来了！”蒂莎喊道，“他正在逼近我们。”

“等着瞧吧。”马克斯平静地说道。

摩托车离小汽车只有十英尺远，那个人将手伸向了他的腰带。

“他有武器！”蒂莎尖叫起来。

“我们也有！”马克斯喊道，“开火！”

三个硕大的芝士汉堡向后飞去。其中两个飞起的芝士汉堡直接命中了目标。它们直接打在了没有戴头盔的那个人的脸上。黏糊糊的全牛肉肉饼仿佛变成了肉质的眼罩，奶酪粘在了他的眼睛上。因为看不清方向，摩托车突然打滑，向侧面滑去，撞上了消防栓，一阵弹跳和翻滚后他彻底消失了。

芝士汉堡防御战
牛肉饼 = 肉质眼罩
使人肾上腺素
飙升的奶酪
特制酱汁非常美味！
力也是大爆炸！
力 = 质量 × 加速度

“他的摩托车倒了，但他站起来了，”蒂莎说，小汽车继续沿着百老汇大道飞驰，“他没大碍。”

“我们也是！”西沃恩说。

“暂时如此。”马克斯说，“他们还会来追我们的，纽约没有一个地方是安全的。”

查尔转过身，面对着坐在后座的三位天才。“这就是不能继续待在这里的原因。”

第七章　豪华宴会和饮水危机

小汽车摆脱了摩托车的追赶后，伊莎贝尔就从挡风玻璃上取下了交通信号抢占器。

“没必要再像个疯子一样开车了。”查尔说。

“是啊，”伊莎贝尔说着，然后缓缓松开油门，“太糟了。”

“所以，”马克斯说道，这时小汽车正沿着布鲁克林的海岸线行驶，“如果纽约对于我们来说不再安全了，我们该去哪里？”

“本有个想法。”查尔说。

“什么？”马克斯问。

“他可能更想亲口告诉你。”

“好吧，给他打个电话吧。”

“不用了。”伊莎贝尔说，“他在等着我们呢。”

“在哪里？”

“长岛。我们应该在三十分钟内到达那里。如果再用我的小黑盒子，会更快。”

“伊莎贝尔！”查尔说。

“好吧。就像我说的，三十分钟内到达那里。”

半小时后，小汽车通过了安全检查站，驶入了一个私人机场的铁丝网门。一架时髦的喷气式飞机停在跑道上。旁边停着一辆加长版豪华轿车。停车场搭起了两个帐篷，就像你在豪华的户外派对上看到的那种。

“那是阿伯克龙比先生最新、最快的喷气式飞机。”查尔说。

“这些帐篷是干什么用的？”西沃恩问道。

“我猜本也想给你们吃点东西吧。”伊莎贝尔边说边向一名身穿燕尾服的服务员点了点头，他手里端着一个银色托盘，托盘里盛满了热气腾腾的食物。离他们最近的一个帐篷，它的侧边打开着，布置得像一个户外餐厅。

“好，”蒂莎说，“我饿了，而且我们没有芝士汉堡了。”

飞机的门打开了，变成了一个楼梯。几秒钟后，本，这个笨拙的十四岁亿万富翁，建立了CMI的人，摇摇晃晃地跑下了台阶，他的眼睛低垂着，好像在研究自己的鞋带。

“这就是那个赞助人吗？”蒂莎低声说。

“是的，”马克斯说，“他的真名是本。”

所有人从小汽车里蜂拥而出。蒂莎和西沃恩从未见过本，她们在柏油路上赛跑，每个人都希望能第一个和这位赞助人握个手。马克斯咧嘴一笑，跟在她们后面。查尔和伊莎贝尔走进帐篷，发现了一个巨大的咖啡壶。

“晚上好，先生。”蒂莎对本说（她赢得了赛跑），“见到你真的很荣幸。”

她伸出手来，本把两只手塞进牛仔裤的口袋里。

“谢谢，”他喃喃道，“太好了。”

“我是蒂莎。”

“我知道，我认得你。我们有照片，就在数据库中。”

“我是西沃恩，或者我应该叫你本？”

本耸耸肩。“我不知道，你看着叫吧。”

本终于抬起头来，往正前方的两个女孩中间瞄了一眼，看见马克斯站在她们身后，他笑了笑。

“嘿，马克斯。饿了吗？”

“是的。”

“妙极了，你和我一起吃饭吧。”他指了指两个帐篷中较小的那个，“亨利大厨已经准备好了晚餐，为我们所有人准备的。你喜欢龙虾卷吗？”

“从来没吃过。”马克斯说。

“我喜欢吃，”本说，“尤其是搭配泡菜和薯片。”

他转向蒂莎和西沃恩。“你们跟那边的查尔和伊莎贝尔一起吃。”

“哦，”西沃恩调侃道，“你和马克斯要来个私人小型晚餐约会，是吗？”

“不，”本说，“我们只是需要谈谈，讨论一些事情。”

“还要吃龙虾卷。”蒂莎说。

“对了，这道菜也在你的菜单上，马克斯。”

本指了指小一点的帐篷，它看起来像是行走在沙漠的商队搭建的东西。帐篷里面，一盏水晶吊灯从丝质天花板的中央垂下。一张小桌子上铺着亚麻布，摆着闪闪发光的银器，还有看起来非常昂贵的瓷器。

“野餐真棒，”马克斯说，“大多数人只会用纸盘和塑料叉子。”

“大多数人都不是亿万富翁。”本说。

“没错。”

“希望我没有冒犯到蒂莎和西沃恩。”

马克斯把拇指紧按着食指。“有点。”

“很抱歉，我不是一个善于交际的人。”

“我知道。但是，你是一个喜欢帮助别人的人。这也许更重要。”

“谢谢。”他拿开了餐盘上闪闪发光的圆顶盖子，“龙虾卷！”

“谢谢。”

马克斯和本都咬了一口装在柔软的热狗面包里的大块龙虾卷。

“你知道吗，”本说，“在殖民时代，因为龙虾太多了，所以只有家仆和囚犯才吃龙虾。”

马克斯点点头。她当然知道，她和本都爱看书。他们知道各种其他人不知道或不关心的事情。

他们点点头，又吃了一些。

“那么，马克斯，你想去爱尔兰帮助西沃恩？”

本说。

“是的，蒂莎也是。”

“很好，我为你们三个安排了航班，还有查尔和伊莎贝尔。我将全力资助你们。有任何需要，尽管告诉我。”

“谢谢你，本。这对她们两个来说意义重大，对我也是如此。”

本低头看了看自己的盘子，他把薯片整齐地堆成一堆。

“不客气，”他说，“而且，你现在离开纽约会更安全。怎么样，马克斯？”

“嗯？”

“谢谢。”

“为什么？”

本的目光从盘子转移到马克斯身上，说道：“为了这一切。”

当马克斯和本吃完饭后，他们回到大帐篷里和其他人会合。

“查尔？”本说，“伊莎贝尔？你们能把计划告诉大家吗？告诉她们细节之类的，我得走了。”

“你要坐那架漂亮的喷气式飞机离开吗？”西沃恩问道。

“不，那是给你们的。我坐豪华轿车。我明天在纽约有个商务会议。我可能也会和联合国的一些人谈谈。我们将拭目以待，因为我们正在为一些重大项目制定计划。好吧，我要走了。祝你们在爱尔兰玩得开心。你们不要亲吻布拉尼石。它真的是一块大石头。岩石很脏，你们不应该亲吻岩石。”

说完这句话，本匆匆走到豪华轿车那里，他的司机随时准备把他带到他想去的任何地方。

“我们要去爱尔兰？”蒂莎问马克斯。

“是的！你、我、西沃恩、查尔和伊莎贝尔。”

“太好了，”西沃恩说，“和小伙伴们结伴旅行会使旅程变得飞快。”

“再加上喷气式飞机的作用。”蒂莎调侃道。

“你说得对。”

查尔站起来对大家说道：“我们认为——本也同意——这个爱尔兰任务来得正是时候。在我们弥补 CMI 的漏洞之前，这能让马克斯远离‘公司’的监视。一旦

我们完成了这个任务，我们就可以进入下一个项目了。”

“有一个漏洞？”西沃恩问道。

“我们认为是这样，”伊莎贝尔说，“他们对马克斯的行踪知道得太多了——不仅仅是今天。肯定有人在向他们提供信息。”

“可能是耶路撒冷的那个狡猾可疑的女人。”西沃恩说，“你知道的，就是那个严厉的、总是用奇怪眼神看着我们的女人。”

“那就是卡普兰女士，”查尔说，“总部其他人当中没有这样的人了。”

“他们都被开除了。”伊莎贝尔补充道，“不管怎样，我们要和你们一起去。我们负责驾驶飞机。”

“并提供保护，”查尔补充道，“我们认为‘公司’不知道我们撤走马克斯的这个决定，但我们通过自己的情报和线人了解到，他们已经在有史以来最复杂、技术最先进的机器人上投入了大量资金。他们给他起了一个代号：莱纳德。”

“他们在用机器人追踪马克斯？”蒂莎问。

伊莎贝尔点点头。“这应该就是他们知道你们三个会在华盛顿广场公园的原因，因为当时没有足够的时间让人泄露马克斯的位置。他们一定是给电脑输入了一些极好的原始数据，然后可能侵入了纽约警局的监控摄像头，并运行了面部识别软件来筛选马克斯，跟踪她的行动，预测她的日常活动。”

“我确实每周至少一两次去华盛顿广场公园看望温斯托克先生。”马克斯承认。

“在高压力的情况下？”蒂莎问道。

“通常是，”马克斯说，“或者当我只是需要发泄一下压力的时候。我猜‘公司’的电脑已经发现了这一点。”

西沃恩说：“我不敢相信他们一直这样追踪你。”

“幸运的是，”查尔说，“他们的任何数据都不会显示你经常访问爱尔兰。”

“如果是这样，”马克斯说，“那他就不是一种智能，不管是人工的还是其他的。他只会变成哑巴，因为我从来没去过爱尔兰。”

“正是如此，”伊莎贝尔说，“这就是为什么我们认为那里会是一个安全的避风港。”

“除非你喝了我们村里的水，”西沃恩说，“那你就不安全了，你会紧紧捂着肚子跑去厕所。”

“上厕所吗？”马克斯说。

西沃恩点点头。“这就是我认为的问题所在。”

“是厕所的问题吗？”蒂莎说。

“不，是水的问题。大部分的疾病都是肠胃方面的，呕吐、腹泻……”

蒂莎拿开她吃了一半的龙虾卷。“我不那么饿了。”她嘟囔着。

“家乡的人也失去了饥饿感。”西沃恩说。

“你们呢？”马克斯希望给谈话注入一些乐观情绪，“想听一些神奇的事情吗？”

“当然，”蒂莎说，“只要不是关于腹泻的就行。”

“没有，我保证。但你要知道，同样的水已经在地球上存在了数百万年。它不断蒸发到云层中，直到云层难以负重，然后天空就会下起倾盆大雨，这些雨水会注满湖泊河流，然后再次蒸发，重新回到云层中。不管我们把水弄得多脏，水最终总能重新变干净。在很长一段时间里，大自然一直在照顾自己。我们需要做的就是加快这一过程。”

“伙计们，把你们的装备带上飞机。”查尔看了看他的高科技手表说，“我们要在十分钟内起飞！”

西沃恩举起她那瓶晶莹剔透的水。“我对你们的帮助感激不尽。”

齐姆博士深吸了一口气，然后穿过高大的门廊，进入“公司”董事会会议室。

莱纳德没有任何表情，这个机器人只是跟在齐姆博士身后呼呼地进入了阴暗的房间。

十二名表情严肃的男男女女围在会议室巨大的红木桌子旁。这些严肃的面孔都是来自各个行业的代表。如果一个行业很强，并拥有全球范围的影响力和无限的贪婪，那么它就会在这张特殊的桌子上争夺一席之地。世界上最富有的公司联合起来组成这个“公司”的原因只有一个：变得更加富有。董事会里的亿万富翁们不喜欢被他们雇佣来帮助他们创造财富的人弄得扫兴和失望。

比如齐姆博士。

“那女孩还在躲着你吗？”红着脸的主席说。他非常愤怒，其他人也都很生气。

“目前看来，是的。”齐姆博士尽可能平静地说。自从他接到内容为“立即到公司位于西弗吉尼亚州山区的最高机密总部报到”的电话后，他就一直在为这次面对面的审讯做准备。董事会会议室实际上是一个地下掩体，如果有必要的话，它可以兼作防空洞。

“但你一直告诉我们，她是加快我们在量子计算机领域占据主导地位的关键。”一名女士沮丧地说。她已经在硅谷赚了一笔钱，但渴望再赚一笔。

“她会的，”齐姆博士说，“尤其是当她开始和莱纳德合作的时候。”他指着机器人，机器人静静地站在他身边，眨着眼睛，咧着嘴笑。明亮的聚光灯正对准他的塑料头，让他精雕细琢的头发看起来就像一根发出噼啪声的黑色蜡烛燃烧后留下的波浪状蜡堆。

“女士们、先生们，”齐姆博士说，“请相信我，毫无疑问，马克斯拥有量子力学领域最聪明的头脑。她代表着 21 世纪的智慧，将取得阿尔伯特·爱因斯坦本人都无法企及的飞跃！”

“你怎么知道的？”主席问。

齐姆博士咧嘴一笑。“我就是知道。”

莱纳德咯咯地笑了起来。

“怎么可能？”董事会中的俄罗斯寡头质问道，“你以前和她合作过吗？你认识她的父母吗？她是你的学生吗？”

“这是我要保守的秘密。”

“齐姆博士和马克斯有着特殊的联系，”莱纳德说，“这是他一直告诉我的。”接着又是一阵傻笑。

“我们要量子计算机！”一个大银行的代表喊道，“我要一个封闭的系统，如果不向我们支付费用就无法使用！”

“你当然可以拥有，”齐姆博士说，“我们会做出来的。”

齐姆博士知道，一般的计算机只能一步一步地处理问题，而量子计算机可以同时处理各种各样的问题。它们解决复杂问题的速度比一般计算机要快得多。

它们会值更多的钱。

“假以时日，”齐姆博士告诉董事会，“马克斯会发现，她和我们在一起会更好，特别是和我在一起。”

“这就是你一直告诉我们的，”来自某个大媒体公司的女人说，她的怒气值上升了，“但我们在进行竞赛，齐姆博士。我们不是唯一致力于量子计算机的人。微软、谷歌、加州理工、麻省理工等，他们都在追逐同一个成果！”

“但是他们都没有马克斯！”齐姆博士喊道。

“我们也没有！”主席大声反驳。

“但我们会有的，”莱纳德说，他的脸上慢慢露出了微笑，“此时此刻，我正在交叉参考几个情报来源和社交媒体信息，可以说，我有百分之九十六的把握能说出在哪里可以抓到马克斯。然而，在这一刻，我的计算只发挥了其潜在能力的百分之三十三。我在连接外部蜂窝网络时遇到了麻烦。也许你应该重新考虑把总部设在地下掩体的决定，要么就安装更好的 Wi-Fi。”

接着，他又咯咯地笑起来。

董事会都惊呆了，接着陷入了沉默。齐姆博士也是如此。

“那齐姆博士呢？”主席问莱纳德，“如果我们要你来抓那个女孩，为什么还需要他？”

“问得好，”莱纳德说，“在我看来，齐姆博士仍然是我们能获得成功的一个重要因素，因为他声称与我们的目标有特殊的关系。不过，我向你们保证，今后我将领导抓捕马克斯的工作。同时也向你们保证，她很快就会被‘公司’擒获，很快。”

然后他咯咯地笑了起来，足足笑了一分半钟。

第八章　实地考察

当马克斯和她的团队降落在戈尔韦时，他们在机场受到了一个人的欢迎，谁也没想到会在爱尔兰遇到这个人。

克劳斯，来自波兰，脾气暴躁、爱吃香肠的机器人专家。

“你是来帮我们拎包的吗？”西沃恩问道。

“不，”克劳斯说着，挺起了胸膛，“我接到了赞助人的电话。你知道，就是负责整个 CMI 的那个人。”

“本给你打电话了？”马克斯说。

“是的，他说你们可能需要我的帮助。所以我放下手头的一切，尽我所能搭上了第一班飞机。相信我，我在家里正忙着建造一些了不起的机器人，它们能做很多不可思议的事情。我还带了一些过来。”

他用一个胖乎乎的拇指指了指自己的肩膀，表示有几个大木箱。

“我需要人帮忙运送我的装备，查尔。也许你和伊莎贝尔可以帮我们叫一辆卡车？”

查尔瞪了克劳斯一眼。“本叫你飞过来的？”

“当然，”克劳斯说，“不然你觉得我为什么会出现在这里？”

马克斯感到困惑。他们在长岛共进晚餐时，本并没有提到要让克劳斯去爱尔兰。而且，为什么本认为他们需要克劳斯呢？他不信任马克斯、西沃恩和蒂莎吗？他认为她们需要一个男孩来完成这项工作吗？马克斯肯定本没有这些想法。她很想给本打个电话，马上就打。但她忍住了这种冲动。她能处理好自己的问题。她不需要本，就像她不需要克劳斯一样。

“我会调查这件事的。”伊莎贝尔说，她溜出人群，用手指在她的电话上快速拨号。

“你也许应该考虑租辆卡车。”克劳斯对查尔说，“快，快。”

查尔眯着眼睛看着他，面露难色。“你们在这里等着，我马上回来。”

他向租赁柜台走去。

“那计划是什么？”克劳斯问道，“我们要再装一些太阳能电池板吗？”

“不。”马克斯说。

“我们是来帮助西沃恩的。”蒂莎说。

“哦，对了，”克劳斯说，“那件事，我收到你的短信了，抱歉我没回。就像我刚说的，我太忙了。嘿，马克斯，你收到我在纽约寄给你的明信片了吗？”

“是的。”

“这个提议仍然有效。你想休息一下吗？想从团队领导的位置退下来吗？如果是这样，我绝对准备好了，我可以挺身而出。”

“这不是CMI的官方项目，”马克斯解释道，“虽然本会资助我们的工作，但我们只是来帮助西沃恩弄清楚为什么她的朋友、邻居和家人都生病了。”

伊莎贝尔打完电话回来了。“克劳斯说的都是真的。本希望他在这里，觉得我们可能需要一些机器人的协助。”

“嘿，”西沃恩说，“我和我的家人会接受能得到的所有帮助。”

“你说的是克劳斯还是他的机器人？”蒂莎开玩笑说。

“好幽默，蒂莎。”克劳斯说，“很幽默。”

十五分钟后，小组人员把他们的行李箱和克劳斯的机器人板条箱装进了一辆租来的奔驰面包车的后备厢，这辆车可以容纳六名乘客和一些货物。

“我的家人在特雷利肯，”西沃恩说，“就在巴利马洪城外。”

“导航显示，如果我们走公路，到那里需要一个多小时。”伊莎贝尔说，当然，她是这辆面包车的司机。

“能在路上停下来吃个午饭吗？”克劳斯问道，“我饿了，你能听到我肚子在咕咕叫吗？我可以听到。”

“我知道沿途有一家不错的炸鱼薯条店。”西沃恩说。

在他们等待食物的时候，克劳斯开始为特雷利肯和巴利马洪的问题提出各种各样的解决方案。

“这是个关于水的问题，对吧？如果我们和瓶装水经销商达成协议呢？如果赞助人愿意支付所有费用，他可以付钱让人送来干净的水。”

“这不是一个可持续的解决方案。”蒂莎说，她把醋洒在她的炸鱼薯条上，因为西沃恩就是这么做的。

“好吧，”克劳斯说，“英国布里斯托大学的一些人发明了一种他们称之为划船机器人的东西。把它放在河流或湖泊中，它可以清理污染物，同时还可以发电！其中的奥秘在于一种微生物燃料电池，它可以消化水中的细菌，并产生电子，而这些电子可以用于机器运转，这样它就可以四处寻找更多的食物——也就是所谓的污染物——进行吞食。它不需要任何外部能量，完全自给自足。这有点像我。”

“我们处理的不是被污染的河流或湖泊。”西沃恩说。

“好吧，不如我们造一个机器人来？”

“我们先评估一下这个问题怎么样？”蒂莎建议道。

“我同意。”马克斯说。

“爱因斯坦教授也会这么想！”西沃恩感叹道，“他不是说过，‘如果我有一个小时来解决一个问题，我会花五十五分钟思考这个问题，五分钟思考解决的方案’吗？”

“嗯，”马克斯说，“没有证据表明阿尔伯特·爱因斯坦曾经说过这句话，尽管很多人在网上把这句话归给他。但是，我想他会同意这种观点的。”

而且，她认为，如果这个问题是关于克劳斯的，那么即使是阿尔伯特·爱因斯坦也可能需要花更多的时间来思考。

当马克斯和她的团队到达西沃恩在爱尔兰中部的家中时，她的弟弟谢默思仍躺在病床上。

“很多像我们一样住在城外的人也是这样，”西沃恩的母亲麦克纳夫人说，“麦克纳一家，他们年纪都很大了。还有莫顿家的小女孩，鲁尔克家、班农家和马尔登家，这些家庭都有人得了胃痉挛或更严重的病。”

“他们都住在巴利马洪城外吗？”马克斯问。

“对，是这样。”

“而且我们都从井里取水。”西沃恩说。

“看，”克劳斯说，“这就是问题所在，伙计们。你们需要建立一个新的供水系统。一个大坝，输水管道和水净化设备。我们需要管道，很多很多的水管。”

麦克纳夫人挑了挑眉毛。“这就是你跟我说过的那个爱吃香肠的男孩吗？”她问西沃恩。

“是的。”

“那么，你为什么不和我一起来看看呢，小伙子？你尝过爱尔兰风味的香肠吗？”

“没有，夫人。”

麦克纳夫人领着克劳斯走向厨房。

“它们确实很美味。我们将配上洋葱、肉汁、土豆泥和豌豆……”

当克劳斯走出房间时，西沃恩悄声说道：“谢谢你，妈妈。”

“得对井水取样，西沃恩，”蒂莎说，“我们将寻找大肠菌群，当然，这种细菌存在于动物和人类的粪便中。”

“好主意。”西沃恩说。

“这些细菌不会导致疾病，但它们出现在饮用水中就表明水被污染了。”蒂莎打开了她的一个手提箱，“我带了几个细菌检测试剂盒。我从来都是带着化学装备出门的。”

“井口在哪儿？”马克斯问。

“绕到后面，”西沃恩说，“来吧。”

马克斯跟着西沃恩和蒂莎走出后门，来到一个院子。麦克纳一家是种土豆的。西沃恩有四个兄弟和三个姐妹。他们大多在家周围忙碌着，做家务，凑热闹，互相逗乐。

“所以这就是那两个脑子比你还聪明的姑娘？”西沃恩的父亲在井口见到她们时开玩笑说。

“是的，”西沃恩说，“爸爸，这是马克斯和蒂莎。”

“谢谢你们大老远赶来帮忙。”麦克纳先生说，“现在，让我们打开这口井，做一些严肃的科学研究，嗯？当然，这部分工作更多需要的是体力，而不是脑力。艾丹？过来帮你可怜的老爸一把。”

当麦克纳先生和西沃恩的哥哥艾丹（另一个叫奎因的哥哥也在）拧开井盖时，马克斯不禁感到高兴。

同时也很难过。

这就是她一直梦寐以求的那种大家庭。但她没有父母，没有兄弟姐妹，没有人会为了自己，像西沃恩那样，愿意放下一切，飞越半个地球去寻求帮助。

这就是为什么，尽管马克斯从来不会向 CMI 的朋友们承认，但她却对神秘的齐姆博士暗暗感到好奇。当他们在刚果相遇时，他告诉过她：“我知道你是谁！

我知道你从哪里来！我知道你想知道的一切！”

他说的是真的吗？

很难说。当时，这个令人毛骨悚然的人正试图引诱马克斯爬上一个摇摆的绳梯，进入一架盘旋着的直升机。

“明白了。”蒂莎说，这句话把马克斯从她的思绪中拽了回来。

蒂莎拿着一个有盖子的小盒，里面装满了从麦克纳家井里吸出来的水。“这就是我们进行测试所需要的一切。”

马克斯建议：“我们应该从所有患有类似胃肠疾病患者家庭的水井中收集样本。”

“太对了！”麦克纳先生说，“来吧，我开车带你们转转，把你们介绍给邻居们。”

“爸爸，把你的管钳带上。”西沃恩说，“我们可能会用得着。”

“你可能也需要我。”艾丹眨眨眼说，“爸爸不像以前那么强壮了。”

“这是真的，”奎因拍着他的肚子补充道，“他没有以前硬朗了。”

“我还是能搞定你们这些人的！”麦克纳先生说着，发出了爽朗的笑声。

于是，在简要分工后，麦克纳家的三个人加入了马克斯、蒂莎和西沃恩的队伍，他们开始在其他六口井中采样。

日落时分，样本已经采集好了。

午夜时分，他们便知道是什么造成了所有的麻烦。

“是大肠杆菌。”蒂莎宣布。

马克斯和西沃恩都点了点头。

他们要对付的是一种令人讨厌的粪大肠菌群。虽然大多数大肠杆菌菌株是无害的，它们可以生活在健康的人类和动物的肠道内，但这种特殊的菌株会产生一种强大的毒素，可能导致严重的疾病。

蒂莎说：“这是污水或动物粪便污染造成的。”

“羊。”西沃恩嘟囔道。

“什么意思？”马克斯问。

“邻近山上的农场里有各种各样的羊群。我估计每次下雨的时候，羊群的粪便都会被冲到山下，这种令人讨厌的细菌于是渗入了地下水里。”

“我们应该去实地考察。”马克斯建议道，“明天早上的第一件事，看看是否有一种方法可以轻松改变地下水径流的方向。”

“或者，”西沃恩说，“也许我们可以让羊群停止拉屎！”

朋友们都笑了起来。

克劳斯走进房间。“什么事这么好笑？”他打了个饱嗝问道，“我错过了什么吗？”

“是的，”西沃恩说。“一切！”

早上，查尔和伊莎贝尔开车带着 CMI 的四名成员来到麦克纳农场周围的山上。

“麦格雷戈先生有一个相当大的羊群，”西沃恩说，“大约有两百只母羊。”

“嘿，”克劳斯说，“只有我一个是雄性。”

其他人都在翻白眼。

当伊莎贝尔驾驶着隆隆作响的面包车沿着车辙纵横的道路驶向麦格雷戈家的农舍时，克劳斯奋力打开了货舱里的一个板条箱。

“我们进去和麦格雷戈一家谈谈，”查尔说，“让他们知道你在他们的土地上做了什么。”

“谢谢！”马克斯说，“来吧，伙计们。”

“我马上就出来，”克劳斯说着，在他的一个木箱里翻找着，“我有个主意……”

“老天保佑。”西沃恩嘟囔着。

西沃恩、蒂莎和马克斯来到一座翠绿的山头，两边都有羊在吃草。她们都很高兴麦克纳一家提供了她们橡胶马靴。她们踩过的每一处地面上都堆满了羊粪。

“我们住在那边。”西沃恩指着西边的地平线说。

蒂莎指了指地面。“所以，几个月后，这里面的细菌可能会出现在你们的井水里。”

“麦格雷戈家的井在哪里？”马克斯问。

“我想在那边吧。”西沃恩指着谷仓前的一处地方说。

“我们应该去采集他家水的样本。”马克斯建议道，“如果他家的水也被污染了，那就有意思了。在这个项目中，合作可能是关键。”

马克斯想起了她的偶像曾经说过的一句话：“除非通过许多人的无私合作，否则没有什么真正有价值的事情是可以实现的。”她意识到，如果麦格雷戈家也能无私合作，那就太好了。

当三个人急忙跑到井边取水样时，她们听到身后传来一阵恼人的、尖锐的哀号声。呼呼声和嗡嗡声伴随着羊群受惊的喧闹声一起响了起来。

“那个笨蛋！”西沃恩喊道。

克劳斯派了一架无人机飞向在下山斜坡上吃草的羊群。他遥控这个会飞的机器人像边境牧羊犬一样追赶受惊的羊群上山。

“问题解决了！”克劳斯一边大喊，一边用拇指拨动无人机的遥控器，“羊再也不会在西沃恩那边的山上拉屎了！你的井水保住了！”

突然，一声猎枪声响起。

克劳斯的塑料无人机在半空中爆炸了，随后它的大块碎片掉落在地上，发出一连串的砰砰声。

高科技
传统技术
相同的结果

第九章　克劳斯的神奇机器

“你得到你需要的东西了吗？”马克斯问蒂莎，猎枪的声音像雷鸣一样在山丘间回荡。

“是的。”蒂莎边说边盖上她的水样小瓶。

“滚出我的农场，你们这些小兔崽子！”一个农民喊道，马克斯认为他是麦格雷戈先生。他带着一把冒着浓烟的猎枪，刚刚打开枪膛重新装弹。查尔和伊莎贝尔跟着他从农舍里跑了出来。

“所有人！”伊莎贝尔喊道，跑向停着的面包车，“快上车，马上！”

“我们要走了，先生。”马克斯听见查尔对农夫说，“我们没有恶意。”

“那个拿着一个游戏手柄的白痴小子把我的羊吓得

半死！”

“这不是游戏手柄，”克劳斯一边喊着，一边跑向面包车，“这是你刚刚击落的无人机的遥控器！”

“小子，我要往你裤子里撒满子弹。”农夫挥舞着猎枪说道。

“克劳斯！”查尔喊道，“上车，马上。麦格雷戈先生，请放下你的武器。”

查尔的语气听起来好像如果农民不听话，受重伤的将会是农民自己。

克劳斯、马克斯、西沃恩和蒂莎匆忙挤进了面包车，伊莎贝尔已经发动了车子。查尔坐到副驾驶位置时轻拍了一下车顶。

“走！”

轮胎吱吱作响，下面的鹅卵碎石四处飞溅。伊莎贝尔来了一个惊人的急转弯，在不飞离地面的情况下，以最快的速度将面包车和农夫麦格雷戈的猎枪拉开一段距离。

当农场消失在大家的视线里后，克劳斯说：“我觉得这是个好主意。”

“真的吗？”西沃恩说。

“是啊！”克劳斯辩解道，“如果羊群待在山的另一边，你的井水就会很安全。”

“但是，”蒂莎说，“你的举动会导致另一边家庭的水污染概率翻倍。”

“驱赶羊群是一种古老的解决方案，”马克斯说，“无论你怎么用机器人去驱赶。我们需要换个角度来看待这个问题。需要发挥想象力。”

马克斯知道，逻辑能把你从一个地方带到另一个地方，但想象力可以把你带到任何地方。

除了克劳斯，大家都回到了西沃恩家地窖里的临时实验室。克劳斯又回到厨房，去品尝更多的爱尔兰食物了。

蒂莎说：“他不太擅长团队合作。”

“他只会赌气噘嘴，”西沃恩说，“而且，我们三个没有他会做得更好。”

“他的本意是好的。”马克斯说。

“也许。”西沃恩说，“但糟糕的是，他仿佛没长脑子一样。”

“麦格雷戈先生的井水也被污染了。”蒂莎在对大肠杆菌进行分析后说。

“这证明重新引导地下水径流并不能真正解决我们的问题。”马克斯说。

“那什么才是问题的关键所在呢？”西沃恩问道。

“不确定，对不起。”

“你要去哪里？”

“去后面，我想和你的井待一会儿。”

“真的吗？”

“是的。”

于是，马克斯做了她认为爱因斯坦教授也会做的事。她站在院子里几个小时，盯着从绿草中伸出来的生锈管子。

她不习惯这种压力，因为大家都指望着她，有朋友，还有他们生病的家人。她会让他们失望吗？

她在脑中进行了一个思想实验，当她需要解决一个问题时，她喜欢和想象中的爱因斯坦教授进行交谈。

“那么，”她内心的爱因斯坦说，“大肠杆菌是如何进入井水的呢？”

“它渗入了地下。”马克斯默默地回答，“只要一下雨，水就会被动物粪便污染。”

“是的，这就是细菌进入水中的方式。但是，马克斯，你没有回答我问题中的关键。大肠杆菌是如何进入井水的？”

“好吧，”马克斯说，“被雨水冲刷到地下的大肠菌群通常会在雨水穿过土壤进入地下水系统时被过滤掉。”

“没错，但如果这种自然过滤还不够呢？如果一口井建得不好，有裂缝，或者没有密封怎么办？”

“当然！水井才是问题的关键所在。我们需要对它们进行消毒。”

“是的，”她想象中的爱因斯坦说，“我可以推荐氯气吗？”

“可以用含氯漂白剂。我们需要测试所有井的密封性，并对有破损的井对行修复。”

马克斯拿出一个破旧的小笔记本，开始记笔记，写下了一些想法。他们需要通过两个步骤来检查受影响的区域，然后对所有水井进行消毒，最后修复井壁和井盖上的裂缝。

首先需要对地下的管道进行擦洗和化学消毒。

这里有几十口，甚至上百口井，这可能需要很长时间。

除非……

马克斯咧嘴一笑。

她匆忙进了屋。“克劳斯？”她对着厨房喊道，“把香肠放下，我们需要一个新的机器人，现在！”

“从你的面部表情来看，齐姆博士，我发现你很沮丧。”莱纳德说，他的嘴唇一边翘起，露出了阴险的笑容，“为什么不高兴呢？你的智慧辜负了你吗？”

“我的卧底联系人通常会定期向我汇报，”齐姆博士说，“我已经将近一周没有收到他们的消息了。”

“我知道，你看，齐姆博士，我可以访问你所有的账户，电子邮件、短信等。你真的应该多花点时间想想你的密码，而且在使用时，你不应该总是使用相同的八位数字和一个感叹号。你应该让这个破解密码的过程对我来说更具挑战性。”

“我们需要找到马克斯！”齐姆博士用拳头敲打着桌子，把摆在他和莱纳德之间的棋盘敲得嘎吱作响。或者说，莱纳德现在是老大了？这是莱纳德在公司董事会上宣称的，而董事会成员也没有表示异议。

几颗棋子掉到了地上。

“这是你的招数吗，齐姆博士？把棋子放到地上？但这并不重要。我离打败你还有两步。我已经摸清了你所有可用的选择，但没有任何一个招式可以阻止我的攻击。你是想现在投降，还是继续玩下去？”

“莱纳德，现在应该找到我的卧底，这样他们可能会帮助我们找到马克斯。”

“哦，我已经处理好了。”

“什么？”

“我可以接触到你所有的联系人。因此，我知道是谁向你提供了关于马克斯行踪的数据。比如，她在纽约马厩上面的住处。我已经追查到了你那个不知情的叛徒的下落、你那毫无戒心的间谍，该选用什么合适的词语来形容呢？”

“卧底！”

“谢谢你，我已经追踪到了你那卧底的手机，并确定了他的定位芯片在爱尔兰。你想要他的确切坐标吗？”

“当然！”齐姆博士一边说，一边把椅子挪到电脑前，敲击键盘调出谷歌地图。

“好吧。我准备好了，告诉我。”

“我发现说话是一种令人愉快但效率低下的传递数据的方式。我已经将你首选的地图应用程序的 IP 地址输入到你计算机的随机访问存储器中。你现在看到的应该是英尼河畔巴利马洪周围农村地区的地图。”又是一阵傻笑，“你的卧底和他的朋友也计算在内。”

“什么朋友？”

“我猜现在有几位变革者协会的成员在那里。你可能不知道这件事，因为你没有像我最近那样完成了深层数据的挖掘，西沃恩·麦克纳和她的家人住在巴利马洪郊区的一个土豆农场。”

“谁？”

“西沃恩·麦克纳。她是一位年轻的地球科学家，你之前在非洲见过她。”

“她是马克斯团队里的天才儿童之一？”

“正确。该地区有几户农民家庭的成员都患上了肠胃疾病。在这种情况下，井水往往被认为是罪魁祸首。”

“所以，”齐姆博士摸着自己的小下巴说，“这是一个需要解决的公共卫生问题。”

“正确。应对这样一场人道主义危机，尤其是当它影响到了朋友和家人时，这是符合 CMI 的‘行善者’的形象的。”

现在，齐姆博士的脸上挂着一个令人毛骨悚然的笑容，就像莱纳德脸上的笑容一样。

“好吧，祝福他们幼小的心灵，为他们在全球各地做的所有好事送上祝福。”他讽刺道，“这让追捕他们变得容易多了。”

“我叫它‘斯克鲁比顿一号’，”克劳斯一边自豪地说，一边轻敲着他发明的金属机器的侧面，“你会注意到，在机器底部这里有一排旋转的刷子，它们都配有小型喷雾器，可以让消毒水分散开来，这些消毒水会自动从机器人腹部的管状容器中泵出。两侧的吸盘踏板将连续滚动，以操纵机器在井壁上运行。而且在机器顶部有一个夜视摄像头，可以 360 度旋转，它将告诉这二十四个微型填缝手臂应该在哪里使用它们的密封剂。你可以把斯克鲁比顿一号想象成一艘能够自动清洁和维修油井的潜艇，装备齐全，可以一举完成整个反大肠杆菌工作！”

“它看起来像一只倒过来的乌贼。”蒂莎说。

“看起来它会把活干完的。”马克斯笑着说。

“它看起来太棒了！”西沃恩说，然后她惊喜地搂住克劳斯的脖子，这让克劳斯受宠若惊，“你真是个天才！”

“嗯，谢谢。”克劳斯说道，一时之间从一贯的虚张声势中愣住了，“我想我们都是。”

“这就是为什么我想和你们一起工作，而不是和耶路撒冷的那些成年科学家一起，还记得当时我们做了那么多的测试就是为了确定一个团队领导。”马克斯说。

“你认为赞助人犯了错吗？”克劳斯对西沃恩说，“你觉得亿万富翁本应该选我来领导这个团队吗？”他的虚张声势又回来了，还有些狂妄自大。

“不，”西沃恩说，“我想我是唯一犯错的人。我错怪你了，克劳斯。我以为你只是个爱玩电子玩具的孩子，结果发现你是一个顶级的人工智能专家。”

在马克斯向克劳斯提出这个极具挑战性的任务后，克劳斯只花了一天时间就开发并制造出了机器人，而且赞助人还给了他一张信用卡，让他去购买制造机器人所需的任何东西。他成功地为团队完成了任务，非常成功。剩下的就是实地测试他的机器人了。

“我们先把它送到井里。”马克斯对西沃恩说。

“如果它失败了，”蒂莎说，“没人会知道的。”

“它不会失败的！”克劳斯说，“这将会非常棒，相信我。”

麦克纳一家聚集在井边，马克斯和她的团队将机器人送入黑暗的井中。

这台机器人花了两个小时来清洁、消毒和修复水井。

“本来可能要花更长的时间，”克劳斯对西沃恩的父亲说，“但你的井壁管状况良好，先生。”他分享了自己平板电脑上的一张截图，他在那里监测并记录了机器人的夜视摄像头在井下看到的情况，“但井壁在大约 15 英尺深的地方确实有一个明显的裂缝。那里可能就是可恶的细菌潜入井水的地方。”

蒂莎在一天之内定期测试了井中的水样本。

“大肠杆菌的数量已经急剧下降。”她在晚饭后报告说。

“怎么个急剧法？”西沃恩问道。

蒂莎咧嘴一笑。“你的水基本上没问题了。”

这次西沃恩拥抱了蒂莎。然后，为了表示肯定，

她还拥抱了马克斯和克劳斯。

“我和我的家人对你们感激不尽。”她热泪盈眶地说，“现在看看你们的行为，都让我流眼泪了，我不喜欢哭泣。”

第二天，他们用机器人来清洁和密封邻近农场的水井。

黄昏时分，他们再次来到了麦格雷戈家，那里有数百只羊在山坡上吃草。

“你们家的水被污染了，先生，”马克斯对麦格雷戈先生说，“我们做了个测试，然后……”

“我的小女儿就是因为这个生病的吗？”

“我们认为是的，先生。”

“你能处理好吗？”

马克斯点点头。“只需要把一个机器人送到你的井里。”

克劳斯当然还记得他的无人机被枪击中的情景，他站在面包车后面，保护性地将机器人抱在怀里。

“谢谢你，”牧羊人说，“但我能请你帮个小忙吗？”

“当然！”马克斯说。

“让那个该死的机器人离我的羊群远点！”

第十章　宴会上的不速之客

在对二十几口水井进行消毒和修补后，西沃恩的小弟弟谢默思感觉好多了，邻居们决定举办一个派对，为这些聪明的年轻人庆贺并表示感谢。

“这周五晚上，他们要在利维餐厅为我们举办一场派对。”西沃恩说，“这是一家酒馆兼杂货店，应该会很有趣。到时会有音乐、舞蹈和食物。所有我们帮助过的人都将在那里，还有那些我们还没去修理他们水井的人。谢默思也会来的！”

周五晚上，查尔和伊莎贝尔开车带着马克斯、蒂莎和克劳斯从麦克纳在特雷利肯附近的家出发，走了三公里，来到了利维餐厅。西沃恩和她的家人同乘一辆车前往。

“我会待在车上。”他们把车开进一个停车位时，伊莎贝尔说。

“为什么？”克劳斯问。

“当你们在一个不安全的公共场所时，这是我要执行的常规操作。”伊莎贝尔解释说，“一旦有什么情况发生，我们可能需要赶紧离开这里。”

“为什么？”克劳斯又问道，“食物会变质吗？”

“这是个盛大的聚会，伊莎贝尔。”西沃恩抗议道，“人们是来找乐子的，不是来制造麻烦的。”

伊莎贝尔微笑着说：“希望如此。”

克劳斯翻了个白眼。“煞风景的人。”

“我和你们一起进去。”查尔说。

“我们给你端盘吃的来。”马克斯对伊莎贝尔说。

“谢谢你。”

当马克斯和朋友们走进餐厅时，他们简直不敢相信这里竟然如此拥挤。每个人都给了他们热烈的掌声。

“谢谢你们，聪明的小伙子和姑娘们！”农民麦格雷戈先生喊道，他举起一杯深琥珀色的液体。马克斯猜这可能是爱尔兰威士忌，属于烈酒，因此这些酒是极其易燃的。这或许可以解释麦格雷戈先生的鼻子为何是鲜红的。“为你和你的机器人干杯！”麦格雷戈先生接着说。

他举起了酒杯，酒馆里的其他成年人也都举起了酒杯。

“愿我们头上的屋顶永远不会塌下来，”麦格雷戈先生祝酒时说，“也祝愿我们这些在下面聚会的人友谊长青！”

“对，对！”大家喊道。

然后有人打开了自动点唱机。首先是一首用爱尔兰哨笛演奏的舞曲，接着是一连串的老歌，大家都跟着一起唱。孩子们在餐厅的凳子和货架后面玩起了捉迷藏，有些孩子几天前还在生病，卧床不起（包括谢默思）。盘子里堆满了各种食物，有馅饼、糕点、炖牛肉等，一盘盘食物在人们之间传递着。

“厨房那边需要帮忙吗？”蒂莎问吧台后面的人，他似乎负责所有的食物和饮料。

“我们总是需要帮手的。”他告诉她。

“很好，我喜欢烹饪，就像在制备可以吃的化学药品！”

“我爱吃。”克劳斯说着，又往嘴里塞了一个肉饼。

马克斯笑了。这时餐厅的门被打开了，她感觉到一股热气袭来。

三个穿着黑色西装的男人正走进酒馆。和他们同行的一个人，马克斯一眼就认了出来。

齐姆博士。

人群渐渐安静下来，有人关掉了点唱机。除了CMI 团队，没有人知道这些不速之客是谁。

“你身后那个嘎嘎作响的装置是什么？”麦格雷戈先生坐在吧台上喊道，“克劳斯的另一个机器人？我必须说，他比我们送到井下的那个机器人好看多了。”

马克斯终于看到了麦格雷戈已经看到的东西。一个人形机器人，被塑造成一个傻笑着的十三岁男孩的模样。他的脸极其逼真，有点令人毛骨悚然。他的身体摇摆不定。

“你好，马克斯，”齐姆博士说，“很高兴再次见到你。”

查尔走上前去，手移向绑在臀部的枪套。

莱纳德的眼睛用绿色激光扫描了查尔的脸。

“我不会那样做的，查尔，”他说，“护送我们进来的那三个人也带着武器。通过对他们的射击轨迹进行

人形机器人或爬行机器人？

阿尔伯特·爱因斯坦可能会给
新朋友带来麻烦。

我同意他的预测：
我们有大麻烦了。

三角定位，我有98%的把握可以预测到，你们可能会伤到我们其中的一个人，但你们这边会受到更多的伤害，包括无辜旁观者的死亡。我估计至少会有五人受伤，也许更多，其中还包括几个儿童。”说到这里，莱纳德冷笑起来。

“你怎么知道我的名字？”查尔问道。

“就像他知道怎么找到马克斯一样，”齐姆博士幸灾乐祸地说，“莱纳德很聪明，但还远不如你，马克斯。所以我知道你即将做出一个非常明智的决定。”

“哦，真的吗？”马克斯说，“那是什么呢？”

“来和我们一起工作。”

“那会很有趣的，”莱纳德补充道，“不像齐姆博士，你可能真的能在国际象棋比赛中打败我。”

当然，接下来他又咯咯地笑了。

从厨房里，蒂莎可以听到齐姆博士和一个听起来像小男孩的声音。

“我们原本可以早点到，”齐姆博士说，“但是，当在为一家大公司工作时，官僚主义盛行，要填的表格很多，还有费用申请单……”

“你有 60 秒的时间做出决定，马克斯。”莱纳德高声说。

蒂莎抓起一双洗碗用的橡胶手套，开始尽可能安静地在食品储藏室的架子上翻找。她找到了她要的东西：小苏打、醋，最重要的是，还有一个装满红辣椒的香料瓶。

“跟我们走吧，马克斯，”齐姆博士说，“我们对你的朋友不感兴趣。他们可以回去清洁水井。而你，注定要做更伟大的事情。”

“我们要一起造一台量子计算机。”莱纳德说，“那不是很有趣吗？”

“退后，你们这些人，”麦格雷戈先生说，“你们只要向那个女孩靠近一点，就会……”

“就会什么？”莱纳德说，“你难道忘了，你们的兵力不足，而且毫无胜算吗？需要我再给你做一次统计分析吗？”

“不需要，”马克斯说，“麦格雷戈先生，不如你给我们的客人倒点你一直在喝的爱尔兰威士忌？”

“不，小姑娘。这是知更鸟威士忌。”

“那就给齐姆博士和他的朋友们倒一杯，除了那个机器人。你不喝酒，是吗，莱纳德？”

“是的，”莱纳德咯咯笑道，“摄入液体对我的电路有害。”

“马克斯？”蒂莎在厨房喊道，“我也有东西要送给我们的客人。”

“太好了，”马克斯朝厨房喊道，“还有，别忘了点根蜡烛，插在肉饼里。今天是克劳斯的生日。”

克劳斯脸上露出了“是吗”的表情，直到马克斯用表情告诉他要配合。

克劳斯说：“一个生日肉饼可太棒了。”

“齐姆博士，”莱纳德说，“我只能认为马克斯和她的朋友们在拖延时间。试图拖延我们不可避免的胜利和离开此地的时间。今天不是克劳斯的生日。你应该记得，那是上个月的事。”

“但是上个月我们并没有在一起，”马克斯说，“这是一个迟到的生日庆祝活动。我只需要看到克劳斯吹灭他的蜡烛，然后我就和你们一起离开这里。”

“我给你们准备了饮料，伙计们。”麦格雷戈先生说道，他手里拿着一个银色的托盘，上面放着四个大玻璃杯，装满了琥珀色的威士忌。

“公司”的那三个人看着齐姆博士。

“先生们，随便喝一杯就可以了，”齐姆博士说，“毕竟，现在马克斯已经同意和我们一起离开，未来还会有很多值得庆祝的事情。你是爱因斯坦教授真正的继承人，马克斯。你可以把伟大的爱因斯坦不能完全理解的理论付诸实践！”

“这对我来说很有意义。”马克斯说，她其实是想多争取一些时间。

最后，蒂莎和一个厨师从厨房里出来了。

蒂莎拿着一只橡胶手套，它像一个水球一样摇晃着。手套因为充满了气，手指部分都膨胀起来了。那东西看起来就像一个膨胀的母牛的乳房。厨师端着一个盘子，上面放着一个肉馅饼，饼上插着几支燃着的生日蜡烛。

“祝我生日快乐，”克劳斯大声唱着，还跑调了，“祝我生日快乐！”

就在大家被他喊叫般的歌声分散注意力时（都捂着耳朵），蒂莎冲上前去，掏出一把削皮刀。她在充气手套凸起的指尖上戳了一连串的洞。这时，小苏打和醋混合后产生的二氧化碳气体从开口中喷涌而出，就像温热的苏打水从摇晃的罐子里喷射出一样。这种气体中带着红辣椒颗粒。蒂莎将她自制的催泪瓦斯直接射向了那三个人的眼睛。

与此同时，马克斯从生日馅饼里抽出一支蜡烛，扔进了麦格雷戈先生托盘上的一个威士忌酒杯里。酒杯里顿时燃起了蓝色的火焰。麦格雷戈把盛酒的盘子像弹弓一样翻转过来，把莱纳德浇了个透心凉。

“不可接受，”莱纳德尖叫着，火焰舔着它的胸膛，烧焦了他的塑料脸，“不可接受！”

齐姆博士抓起旁边的桌布，试图把火扑灭，因为火已经把莱纳德一边的眉毛烧掉了，他那一边的眼睛变成了耷拉着的眯缝眼。

“快走！”查尔喊道。

“公司”的人仍然被蒂莎的红辣椒催泪瓦斯弄得睁不开眼睛，找不到自己的武器。

西沃恩、蒂莎、马克斯和克劳斯冲出餐厅大门，几乎把自己扔进了等在那里的面包车上。在其他人都安全上车 5 秒后，查尔一头栽进了副驾驶。

“启动救援方案。”查尔告诉伊莎贝尔。

她一脚踩在油门上，面包车飞驰而去。

“干得好，蒂莎和马克斯。”查尔说。

“剩下的人怎么办？”马克斯问。

“齐姆博士对他们不感兴趣。他会追我们的——只要他的人能看清，他的机器人不会融化。你们这些小家伙至少让我们领先了 60 秒。”

而依照伊莎贝尔开车的速度，60 秒可能就是他们所需要的全部时间。

在离餐厅几英里远的地方，伊莎贝尔猛地停了下来，停在一辆没有开动的牵引拖车后面。

“那是我们的下一辆车。”查尔说。

“你去打开那辆大卡车，查尔，”伊莎贝尔说，“我会留在这里和大家在一起。”

“知道了，我去开门。”

他匆匆走下面包车，按下了卡车侧面的一个方块状按钮。它的后门卷了起来，同时一个斜坡从保险杠上方的槽中伸出。

“安全带扣上了吗？”当坡道的前端碰到她轮胎前面的路面时，伊莎贝尔问道。

“扣了，”马克斯说，“一向如此。”

尤其是在伊莎贝尔开车的时候。

“好。”伊莎贝尔说着，用脚踏了踏油门，面包车滑上了坡道，进入卡车的空货厢。马克斯听到后门在他们身后轰隆一声关上了。几秒钟后，她的整个世界都向前冲了过去。牵引拖车在高速公路上行驶，隆隆作响，而面包车则藏在拖车里面。

“你们怎么知道我们需要这样的脱身计划？”西沃恩问道。

“我们不知道，”伊莎贝尔说，“但是我们会为任何突发事件做好准备。这是安全协议的一部分。”

“因为你们也是天才！”马克斯说。

伊莎贝尔笑了。“我们远不如你们这些孩子聪明伶俐。但至少齐姆博士和他的伙伴们会在路上寻找一辆租来的面包车，而不是一辆运送冷冻鱼的大货车。”

大约一小时后，卡车停了下来。

“我们在哪儿？”克劳斯问道。

“我们安全了。”伊莎贝尔说。

“我的意思是，我们的位置在哪儿？”

逃离爱尔兰
伊莎贝尔的消失
术（人为）

“这个，我的朋友，目前是机密。”

马克斯听到货厢门卷起的声音。

“大家都出去，”伊莎贝尔说，“今天的陆地旅行部分到此结束。”

马克斯和其他人走下斜坡，发现他们停在另一个偏僻的飞机跑道旁。在一片绿色的田野上，在爱尔兰的某个地方（她是这么认为的，因为她不认为卡车会停在渡船上，然后驶离小岛）。马克斯不知道他们身在何处，因为她坐在一辆牵引拖车的货厢里，没有看到任何地标或路标。

本的私人飞机就停在这个僻静的机场的停机坪上。一名飞行员和副驾驶等人在驾驶舱内待命。

“马克斯？”查尔说，“你和克劳斯将飞往下一个CMI官方项目的地点。”

“有任务了？”马克斯急切地说。

查尔点点头。“本昨天批准了这个计划。”

“西沃恩和蒂莎，”伊莎贝尔说，“我们希望你们留在这里，继续完成清洁和修复水井的工作。”

“用我的机器人吗？”克劳斯说。

“正是如此。”

“但是……”

“谢谢你让它使用起来这么方便。”西沃恩拍着克劳斯的后背说，“我已经看你使用了一个星期了。我准备好给它打下手了。”

“麦格雷戈先生和当地警察将是你们的安保人员。”查尔对蒂莎和西沃恩说，“伊莎贝尔和我将与马克斯和克劳斯一起飞行。当你们完成这里的水井项目后，你们将在新的地点与团队的其他成员会合。”

“我们要去哪里？”马克斯问。

“在我们升空之前，这些信息都是机密。”伊莎贝尔说。

“那其他人都会去吗？”

伊莎贝尔点点头。“是的。安妮卡、基托、托马、哈娜和维哈恩都安排好了行程。其实，大部分人都已经到达。等我们落地时，他们会迎接我们的。”

马克斯感到肾上腺素再次激增，一种新的感觉取代了她在餐厅时的那种感觉。这真是令人兴奋。她将再次和她所有的朋友们在一起，做一个大项目，在地球上一个偏远的角落做善事，希望是在齐姆博士和他的机器人找不到的地方。

“问个小问题，”蒂莎说，“齐姆博士和‘公司’是怎么找到我们的？”

“本有一个关于CMI信息泄露的说法，”查尔说，“而且，那个叫莱纳德的机器人是一个优秀的追踪者。”

莱纳德。

马克斯想知道，齐姆博士把这个人工智能机器人命名为“莱纳德”，是否是刺激她的一种方式。德国物理学家菲利普·莱纳德是阿尔伯特·爱因斯坦最强大的竞争对手之一。当阿道夫·希特勒在二战前掌权时，莱纳德认为爱因斯坦的理论不够“德国”。在纳粹政权统治下，莱纳德成为了“首席雅利安物理学家”，而爱因斯坦则流亡到了美国。

“‘公司’的新机器人，”查尔继续说道，“通过人工智能，能够知道‘公司’告诉他的任何事情。莱纳德还可以从多个外部来源获取数据，然后以闪电般的速度进行筛选。”

“所以，”马克斯说，“他弄清楚我接下来要去哪里可能只是时间问题。”

“如果我们堵住漏洞，就不会了，”伊莎贝尔说，“人工智能的好坏取决于提供给它的信息。”

“嗯，你说的漏洞到底是什么？”西沃恩问道。

“本怀疑 CMI 里有人一直在向‘公司’提供敏感信息，而‘公司’又把这些信息提供给了莱纳德。”

“有一个卧底？”马克斯说。

“也许，”查尔说，“也可能只是一个‘有用的白痴’。”

“什么意思？”

“帮助敌人而实际上不知道自己在做什么的人。”

第十一章　找到“卧底”

马克斯向蒂莎和西沃恩道别。

“你的装备已经装上飞机了，”查尔告诉她，“派对结束后，大家会在今晚的某个时候出发。只是齐姆博士的到来加快了我们的进度。飞行员们从西沃恩家里整理了你所有的物品。”

“他们把我的行李箱放到飞机上了？”马克斯问。

“是的，”伊莎贝尔说，“所有的纪念品都很安全。”

“你还需要再在你的纪念品里加上这个。”西沃恩说，“当我们在那片草地上时，我为你摘下了这个。”

“然后我教她如何按压和晾干。”蒂莎说，“把它压在一本厚厚的书中，然后迅速喷上麦克纳夫人的发胶。”

“这是一株四叶草，马克斯。”西沃恩说，“在我遇到你的那一天，我和我的家人都得到了好运，愿它也给你带来同样的好运。”

“谢谢你。”马克斯说着，给了每个女孩一个紧紧的拥抱。在一起经历了这么多之后，西沃恩和蒂莎对她来说就像姐妹一样。马克斯虽然是个孤儿，但她肯定已经开始建立自己的家庭了。

“有什么要给我的吗？”克劳斯问道。

“没有，”西沃恩说，“但等你们在新地方安顿下来，我会让我妈妈给你寄一些你非常喜欢的香肠。”

“太棒了！”

飞机打开了舱门并展开了楼梯。

“该出发了，”伊莎贝尔对马克斯和克劳斯说，“我需要你们的手机。”

“为什么？”马克斯问道。

“以防莱纳德在追踪它们。”查尔说。

马克斯和克劳斯把手机递给了伊莎贝尔。她把手机放进用铝箔纸包裹的信号屏蔽袋子里。

“有点极端了，你不觉得吗？”克劳斯说。

“如果为防信息泄露就不算极端。”马克斯说。

克劳斯耸耸肩。“随便吧，小心点，”当伊莎贝尔把他的手机塞进屏蔽袋时，他对她说，“这是新买的。”

麦格雷戈先生和村里的一名警官赶来接走了西沃恩和蒂莎。

克劳斯、伊莎贝尔、查尔和马克斯爬上了那架私人飞机，坐在座位上并系好安全带。马克斯透过窗口向西沃恩和蒂莎挥手告别。当飞机起飞时，她也默默地对爱尔兰郁郁葱葱的绿色风景说了声再见。

“我们要飞到哪里去？”克劳斯问道。

伊莎贝尔看了看表。“一个小时后告诉你。”

“飞行时间是多久？”

“十二个小时。”

“厨房里有食物吗？”

伊莎贝尔点了点头。

“很好，吃早饭的时候叫醒我。”

克劳斯把枕头弄蓬松，拉起毯子，很快就睡着了。

“你也应该休息一下，马克斯。”查尔建议道。

“我会的。”她说。但她太兴奋了，无法像克劳斯那样睡觉，他已经在打鼾了。

首先，她还没有完全厘清与齐姆博士和莱纳德的相遇，还有他说的“你是爱因斯坦教授真正的继承人，马克斯。你可以把伟大的爱因斯坦不能完全理解的理论付诸实践！”之类的怪话。

虽然爱因斯坦知道量子力学背后的数学是可行的，但他无法接受它的怪异性。“量子力学确实令人印象深刻。但内心的声音告诉我，这还不是真正的东西，”爱因斯坦在给马克斯·玻恩的信中写道，“量子理论的成果很多，但它很难让我们更接近最本质的秘密。无论如何，我相信它不会和宇宙玩骰子。”

爱因斯坦反对的是这样一个基本观点：在量子（或原子）层面上，自然和宇宙完全是随机的，事件的发生纯属偶然。他坚持认为一定有什么东西被遗漏了——上帝不会以随机掷骰子的方式来决定世界的命运。

他错了，这也是让他落后的原因之一，因为年轻的科学家们在前进，专注于这一新的科学领域。

像马克斯和她的 CMI 队友维哈恩这样的年轻科学家，他们会一起研究，不管他们接下来要研究些什么。

当时只有十三岁的维哈恩已经拿到了量子物理学的大学学位，他希望有一天能研究出一个统一的万物理论，能够解释宇宙中所有物理方面的问题。

克劳斯的鼾声开始变大。他是一个真正的打鼾者。

不知道为什么，这让马克斯笑了。

某种程度上，克劳斯是一个像量子物理一样复杂的问题。他可以是一个吹牛大王，也可以是个唠叨大王，同时又是一个乐于助人和聪明的人。起初，当克劳斯神秘地出现在爱尔兰时，马克斯并不感到兴奋。但是，在一天结束时，她很高兴他在那里。克劳斯是唯一一个能为马克斯那复杂的井水问题解决方案提供一种实用而高效的方法，并让其真正发挥作用的人。

克劳斯自身就是个有解决方案的问题——如果你研究的时间够长的话。

突然间，克劳斯醒了过来。

“我想明白了！”他脱口而出。

“什么？”马克斯问。

“我们要去的地方。”

“怎么想出来的？”伊莎贝尔问道。

“简单，座椅靠背屏幕上的飞行追踪器显示我们正向东南偏东方向飞行。它还记录了我们的飞行速度。”他点了一下屏幕。

“我以为你在打盹呢。”马克斯笑着说。

“我是在打盹，但是半睡半醒的。把速度乘以十二小时，再加上飞行路线，差不多我们将降落在印度的某个地方。”

马克斯看着伊莎贝尔。

伊莎贝尔看了看手表。显然，一个小时的等待时间到了。

“完全正确。”她说，“说得好，克劳斯。”

“印度？”马克斯说，“那是维哈恩住的地方。”

“没错，他比西沃恩更需要你的帮助。”

飞机继续飞行，查尔和伊莎贝尔给马克斯和克劳斯做了一个幻灯片演示。

“这是你们要给出解决方案的下一个问题。”查尔说。

“太棒了。”马克斯说，她渴望参加一个正式的任务。

“我们可以在那台电脑上看娱乐视频吗？”克劳斯问道，他并不那么急切。

“克劳斯！”马克斯皱起眉毛。

“好吧，我们稍后再去看娱乐视频。”

查尔继续他的演示，幻灯片的呈现方式就像《碟中谍》电影中的那样。

“我们将降落在印度吉特万附近的小型吉塔甘吉机场。”这是印度北部的一个山城，离喜马拉雅山脉不远。他们正面临着清洁用水危机。”

“就像在爱尔兰一样。”马克斯嘟囔着，专注地看着电脑屏幕上的图像。

“但是他们有像爱尔兰那样的香肠吗?”克劳斯问道。

“很多印度人都是素食主义者。”马克斯说。

“哦，对。”

伊莎贝尔继续来做幻灯片演示。她说：“最近，吉特万的人们不得不等待近四天才能得到新鲜的饮用水。他们拿着水桶排着队从水罐车中取水。他们不得不关闭学校，并告诉游客不要靠近。”

“人们很沮丧，”查尔说，“他们住在山区附近，而不是沙漠里。但是，巨大的需求、水资源管理不善，以及气候变化造成的恶劣天气，使得人们几乎无法打开水龙头，期待干净、可饮用的水流出来。”

马克斯想到，在纽约生活的时候，她总是把水龙头源源不断地涌出水这件事视为理所当然。下次刷牙时，她就会想到这一点，或者冲马桶糊弄那些保安的时候。

“水是人类的基本需求。”伊莎贝尔说，“当人们得不到水时，他们就会生气。我们的任务可能是危险的。尽管政府一直在雇佣承包商运送水，但吉特万的街道上还是出现了零星的抗议活动。”

马克斯说：“一定有更好的解决办法。”

“我不这么认为，”克劳斯说，“印度有十多亿人口，其中一半左右的人没有有着正常功能的厕所！他们称之为‘露天排便’。你知道这是什么意思吗？房子外面、沟渠甚至灌木丛后面，到处都是未经处理的排泄物！这个任务不仅是不可能的，而且是无望的！”

马克斯望着窗外白雪皑皑的山脉。地球上有这么多水，关键是要在正确的时间把水送到正确的地方，并确保水到达时是干净的。

“远离消极的人，”她内心的爱因斯坦说，他一定是听到了克劳斯的悲观言论，“他们的每个解决方案都有一个问题。别忘了，我们欠印度人民很多。他们教

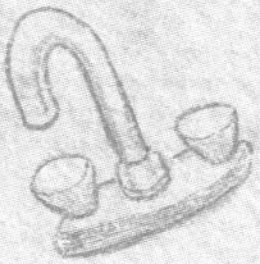

印度水危机境况不容乐观！

节水小贴士：

刷牙时关掉水龙头。

在会回收水的洗车场洗车。

用洗菜的水浇花。

缩小草坪的尺寸。

会了我们如何数数等，没有这些，就不会有任何有价值的科学发现。”

这话让马克斯笑了。

她比以往任何时候都更坚定地想要找到解决印度吉特万水资源问题的办法。

私人飞机降落在吉塔甘吉机场。

它不过是一条坐落在山脚下的短跑道，对面就是高耸的喜马拉雅山。

马克斯走出飞机，意识到由于海拔太高，她的呼吸变得急促起来。心跳也比往常更快了，这都是为了增加血液中的含氧量。她知道，如果在这样的海拔高度待上几天，身体就会开始在微观层面上自我重组，以适应新的生存环境。实际上，她全身都会开始长出更多的毛细血管，以输送更多的血液，从而将更多的氧气输送到所有的组织和器官。

克劳斯可以和机器人整天待在一起，但马克斯坚持和人类待在一起。因为人类的身体更不可思议，可以做出如此惊人的事情——一切都完全靠自己。

“我的手机在哪里？”克劳斯一下飞机就问。

“给你。”伊莎贝尔把手机递给他。

“很好，就像我说的，它是全新的。事实上，这款手机甚至还没有正式发行，是一个粉丝送给我的生日礼物。”

“一个粉丝？”马克斯皱起眉毛说。

“一个美国人，是一名博士。他住在波士顿郊外。”

“波士顿？”查尔说，声音有点惊慌。

“是的。我猜他听说了我们在刚果做的事，想在我生日时送我一份礼物表示感谢。他说他也会给你寄一份的，马克斯。”

“真的吗？”

“他问我要了你的地址，所以我就给了他。”

克劳斯正要打开他的手机，这时身后的一个声音喊道：“老兄，不要，不要！”

克劳斯僵在那里。

“什么？”他转过身问。

是基托，他举起双手示意。“老兄，别开机。”

基托是马克斯领导的CMI团队的另一名成员。尽管印度的空气闷热难耐，但他还是穿着卫衣和运动裤。他来自加州奥克兰市——离硅谷不远，是一名计算机科学家，自称是“CMI团队中最酷的孩子”。他还是一名专业的程序员和黑客，当他不忙于在斯坦福大学做客座教授讲学时，就在那里学习。

“别碰那个按钮，克劳斯！”查尔附和着，基托慢慢地向前移动。

“放下它，伙计！”基托喊道。

“冷静点，基托！”克劳斯举起双臂，好像被逮捕了一样，“只是个手机而已。”

“这就是你犯错的地方，伙计。手机永远不只是手机。”

“基托？”马克斯说，“很高兴见到你。但是，出了什么问题吗？”

基托说：“克劳斯油腻腻的手套里的那个东西可不是普通的手机。”

“我知道，”克劳斯说，“这是新的。”

“而且是齐姆博士寄给你的。”基托说，“一个‘公司’的暴徒，他的实验室位于波士顿郊外。”

一提到齐姆博士的名字，查尔、伊莎贝尔和马克斯都不由一愣。

“也许吧。”克劳斯耸耸肩说，“我收到了太多粉丝

收件人：~~有用的白痴~~克劳斯
寄件人：~~齐姆博士~~一个粉丝
这是一个陷阱礼物。里面携
带着跟踪有趣的软件。
不要丢掉！

的来信，真的不太在意这些信来自谁。”

“但我们在乎。”基托说。

“我们？”

“是的，我和本。”

“你一直在和本联系？”马克斯问。

基托点点头。“每个人都认为CMI有个漏洞，原来这个漏洞就是克劳斯。一个‘有用的白痴’，带着一个非常精致的追踪装置。”他指了指克劳斯的手机，“所以‘公司’才知道你们在爱尔兰。本怀疑出了什么事，所以他联系了我。我给他讲了我的这个想法。本邀请克劳斯和你们一起去爱尔兰，看看我说的对不对。你们猜怎么着？一如既往，我是对的。”

马克斯转向克劳斯。“你把我的地址给了你的‘粉丝’？”

“他想祝你生日快乐。”克劳斯说，“我想他也会送你一部很酷的新手机。”

“你给他的地址是什么？”

“我给你寄明信片的那个。”

马厩上面的公寓，马克斯想。这就是那两个“公司”暴徒把这个地方搞得一团糟的原因。

“所以，克劳斯，”基托说，“不要打开那部手机。”

克劳斯看了看手机，他的手开始颤抖。马克斯觉得他开始意识到自己不小心做了什么，这危及了她、他们的CMI队友，以及CMI为世界做好事的使命。

“我差点让你送命。”他低声对马克斯说。

“但你没有。”马克斯说。

“基托是对的，我是一个白痴。接受一个完全陌生人送的礼物，就因为他奉承了我。我真的很抱歉。”

基托和马克斯都惊掉了下巴，查尔和伊莎贝尔也是。他们谁也没有听过克劳斯承认自己犯了错误或者为自己的错误道歉。这是一个重大的、具有里程碑意义的事件。虽然没有爱因斯坦发现相对论那么重大，但是，已经很接近了。

“克劳斯，把电话给我，”伊莎贝尔说，“我们得毁掉它。”

“不。”马克斯说，“等等，我有个好主意。”

事实上，马克斯的想法相当好，相当绝妙。

很绝妙。

第十二章 更大的水危机

“他们在哪里?”齐姆博士朝莱纳德喊道，“克劳斯、马克斯和其他年轻的天才在哪里?”

“未知。”莱纳德笑着回答。他的左眉毛仍然耷拉着。在爱尔兰的一个餐厅里，他的塑料脸被火袭击了，炽热的蓝色火焰把他的脸烤出了一个尴尬的斜角。

“找到他们!”

“对不起，克劳斯关掉了他的手机。只要手机芯片一直处于休眠状态，我就只能猜测一下它和他的下落。”

“它已经休眠了二十四个小时了!”

“二十四小时三十九分钟。”莱纳德又咯咯地笑了起来。

齐姆博士和莱纳德还在爱尔兰的一个“公司”基地里。莱纳德被插在墙上，给电池充电。齐姆博士因为被“公司”董事会羞辱性地降职而耿耿于怀。他们想让他向一台机器汇报？他同意了。但只是为了争取更多的时间。

“那你的深度数据呢？”齐姆博士问道，“你收到新闻简报了吗？有任何警报吗？”

“什么都没有。”莱纳德回答。

齐姆博士沮丧地举起了双臂。

“我们要找到马克斯！”他对着天花板喊道。

突然，莱纳德的眼睛闭上了，像一个在摇篮里被向后翻转的娃娃。

“对不起，”他说，“缓冲，缓冲。”

“什么？怎么呢？”

“我刚刚重新和克劳斯的手机建立了联系。”

“把坐标发给我！现在！”

“当然。你打算把马克斯和她的同伴从他们的新地点找回来吗？”

“不，”齐姆博士说，因为他怀疑机器人还没有成熟到可以知道人类什么时候在对他撒谎，“除非我们确认过他们的位置，继续扫描你的数据文件，看看这些坐标附近是否有人道主义危机等着马克斯和她那帮好心的人去处理。”他收拾好自己的东西，把它们塞进公文包里。

“你要去哪里，齐姆博士？”莱纳德问道，嘴角勾起一抹冷笑。

“我需要一些新鲜空气。”

“哦，当然了，人类自身的效率太低了。”

“我会回来的，我想要一个明确的答案。马克斯在不在那里？是或否。”

“我已经有 89% 的把握……”

“我要百分之百的确定！我们不能再犯错了。”

“但是，齐姆博士，我没有犯任何错误。而你，就犯了很多错。”

“处理好数据！”齐姆博士喊道，气冲冲地走出房间，砰的一声关上身后的门。

当他离开莱纳德的视线时，低头看了一眼手机。

莱纳德已经把马克斯的新位置坐标发给了他。

他将组建一支突击队，征用一架“公司”的飞机去抓马克斯。

这一次他不愿意带这个讨厌的机器人一起玩了。

他要让他在“公司”的老板们知道，他不需要这个机器人。

他自己会把马克斯带回来的！

在从吉塔甘吉机场前往吉特万的路上，马克斯与克劳斯和基托谈了谈。

她说：“我们没必要把克劳斯在手机上犯的错误告诉其他队员。”

“但是……”基托已经开始表示不同意，但被马克斯打断了。

“我们都会犯错，即使是我的偶像阿尔伯特·爱因斯坦。他生活中唯一的错误是没有吸取教训。”

“好吧，我确实吸取了教训。”克劳斯说，“我再也不用手机了。”

基托说：“或者你可以，你知道的，关掉那个手机。”

“哦，就是啊。好主意，谢谢。”一条窄轨铁路把度假者从印度大部分地区的闷热天气拉到喜马拉雅山麓的凉爽地带，那里的英式别墅外盛开着粉红色的报春花。

吉特万是一个拥挤的山腰小镇，到处是色彩鲜艳的三四层楼房。但是在山下，空气中弥漫着从豪宅里流出来的污水的臭味。

赞助人已经在非常豪华的皇家公爵酒店为团队安排了房间。酒店位于最高的山顶上。

“这里还有空调和非常干净的浴室，”维哈恩在酒店大堂迎接新来的客人时说，“托马、安妮卡和哈娜已经登记入住了。他们去品尝黄油面包和茶了。感谢大家来到印度，我希望你们在这里都能感到舒适。在这个地区，并不是每个人都像我们这样幸运地住在这家非常漂亮、豪华的酒店里。”

维哈恩有一双深邃的黑眼睛，穿着一件宽松的无领衬衫。他只有十三岁，但已经获得了量子力学的博士学位。马克斯一直以为阿尔伯特·爱因斯坦会喜欢维哈恩，因为两人志趣相投。

“我们家族的祖籍在吉特万，”维哈恩继续用柔和的声音说，“我的爷爷奶奶，其实还住在这里。爷爷，我父亲的父亲，是这里的一个居民供水的主要负责人。”

“什么是居民供水的主要负责人？”基托问道。

“一个非常重要的公务员，尤其是在水危机时期。他们负责打开和关闭向每个社区供水的阀门。有时他们是英雄；有时也是恶棍。这取决于他们是在开水还是停水。70多年前，在英国殖民统治时期，这里修建了一个地下管网，现在这些管网已经摇摇欲坠。坏人们跟着爷爷走在街上。瓶装水商也是如此。正如他们所说的那样，他们不喜欢我的爷爷‘削减他们的利润’。”

克劳斯说：“我想他们也不喜欢我们在这里。”

“是的，”维哈恩说，“他们会想尽办法阻止我们解决吉特万的水问题。”

“很好，”克劳斯说，“也许我们应该趁我们还活着的时候离开。”

“嗯，我们刚到这里，伙计。”基托说。

“在这个世界上，我们必须做出我们希望看到的改变。”维哈恩说，“我个人崇拜的英雄甘地说过这句话。”

“你有一个装满甘地雕像的手提箱吗？”基托问道。

“还没有。”维哈恩说，“但是，受到马克斯的启发，我可能很快就会开始这么做了。”

马克斯笑了。“嗯，我的英雄喜欢你的英雄，维哈恩。他认为甘地的观点是他们那个时代所有政治人物中最开明的。他说，我们应该努力秉承着甘地的精神做事。不要为一项事业使用暴力，而是通过不参与任何你认为是邪恶的事情来战斗。”

“但我们还有查尔和伊莎贝尔，对吧？”基托问道，“我的意思是，请人保护我们是明智之举。”

“对，”克劳斯讽刺地说，“我们有两名训练有素的保安对抗一整个水商大军和一群愤怒的暴民。我看好我们，胜算很大，会成功的。”

那天晚上，在他们的第一次团队会议上，十二岁的哈娜在小组中发言。作为一名来自日本的植物学家，她讨厌任何人浪费水。

“我们在这里需要树立一个好的榜样，”她叮嘱道，她那长长的黑发扎成了马尾，“要缩短淋浴时间。如果可以的话就少洗一天。比如，我不需要每天都洗头。”她一边说，一边甩着闪闪发亮的马尾辫。

“除了你，克劳斯，”基托开玩笑说，“你身上散发着大蒜味。”

“朋友们，”哈娜说，“这不是开玩笑。干净、新鲜的水对地球上所有的生命都是必不可少的，包括植物和动物。如果人类得不到水呢？当心！我们很快就会失去生命！”

托马和安妮卡也和大家一起来到了皇家公爵酒店的餐厅，在这里可以看到巍峨群山高耸入云的壮丽景观。

托马是来自中国的天体物理学家。他痴迷于研究天体的本质，以及这项研究如何促进对黑洞、暗物质和虫洞的理解。他留着棕色的短发，穿着一件黑色T恤。

“你知道，”他说，“未来是有希望的。研究人员最近在火星上发现了液态水存在的证据。”

“这对地球上的任何一个人都没有帮助。”安妮卡用她那生硬的德国口音说。她调整了一下深色方框眼镜，继续说道：“托马，人类是不可能移民到别的星球的。”

安妮卡是一位逻辑大师。她和马克斯曾在耶路撒冷一起经历过一场惊心动魄的冒险，当时“公司”的两个坏人在希伯来大学校园里追着她们跑，那里是阿尔伯特·爱因斯坦档案馆的所在地。一起躲避坏人，那会让你们成为一辈子的朋友。

在印度的第三天，所有团队成员或多或少适应了喜马拉雅山麓的高海拔，他们便聚集在酒店的会议室里，集思广益，寻找解决水危机的办法。

“总有一天，循环利用会成为最终的解决方案，”逻辑性强的安妮卡说，“在我的家乡法兰克福，一滴水在流入大海之前要被循环利用八次。而在印度，一滴水都没有被回收过。”

“我们现在能做什么？”马克斯一边问，一边催促着大家，“今天我们要如何收集干净的水，以便立即交付使用？”

“我们可以试着从空气中汲取水分。”维哈恩建议，“我读到过一个汲取的方法，设置大型网状物来捕获雾中的水分。加州的科学家们已经在智利、南非，甚至加州用过这种技术了，并取得了很好的效果。附近的山上大多数早晨都有雾。”

“因为加州人都超级聪明。”基托得意地笑着说，双手插在他那件红色卫衣的口袋里。

就在查尔和伊莎贝尔走进会议室时，大家都笑了。

“好消息，”查尔说，“我们认为你的计划成功了，马克斯。”

“什么计划？”托马问道。

“一个确保‘公司’不会跟着我们来印度的办法，”马克斯说，但没有提到克劳斯和他的手机，“我们把他们送到了一个荒无人烟的地方。”

每个人都鼓起掌来。

除了克劳斯。他转向马克斯，低声说：“谢谢。”

马克斯咧嘴一笑。“没关系。”

维哈恩建议小组继续进行户外头脑风暴。他说：“我们应该去实地考察，到处去转转。”

“肯定的，”克劳斯说，“我可以吃点鸡肉薄饼！”

“这是一个调查任务，”安妮卡说，“不是寻找食物的任务。”

“我们要下山去找水罐车。”维哈恩说，“这将让你们所有人真正感受到水问题给人类带来的后果。但无论你们看到什么，都不要失去希望！正如甘地曾经说过的：‘如果我相信我能做到，我一定会获得做这件事的能力，即使在一开始时很多人没有这种能力。'”

马克斯点了点头。很多人都指望她能找到一个解决方案。说实话，这有点可怕，但她需要对自己有信心。

当他们下山时，日本植物学家哈娜举起了手。“我可以问一个问题吗？为什么我们的酒店有自来水供应给游客，而居民们却要提着水桶和水壶走很远为家里取水，这是怎么回事？”

“酒店从私人商贩那里购买水，”维哈恩解释说，“当地居民就没那么幸运了。”他带头走进吉特万的街道。马克斯从未见过这么多人挤在一起，甚至在高峰时段的纽约地铁上也没见过。有些人穿着橙色长袍，戴着头巾。有些人的额头上点缀着举行仪式用的颜料。许多人骑着满载货物的三轮摩托车。有些人甚至骑着骡子往前走。

人行道上的露天摊位鳞次栉比，隆隆作响的公共汽车在狭窄的车道上挤来挤去。

“今年没有干旱，”维哈恩继续说道，团队成员从街道上排队的男男女女身旁经过，他们都提着色彩鲜艳的水桶和罐子（但都是空的），“吉特万的降雨量通常相当可观。春天还有来自山上的径流。但是，仍然没有足够的干净的水供应给每个人。河流和地下水都被污染了。”

马克斯看到一条用英文写的横幅：如果有水，就有明天。

如果没有呢？

马克斯不愿意去想一个没有明天的世界。

这群人走到了长长的队伍的尽头，在一辆水罐车后面耐心地等待着，那里只有一个水龙头，一个人一次只能接一桶水。马克斯想起了饮水机之类的东西。只要走上前去，按下按钮，就可以喝水了。如果她要排好几个小时的队才能喝到水呢？

“你好，爷爷！”维哈恩叫道，向一个扛着长长的金属杆的老人挥手，杆的顶端看起来像一个车把。那是维哈恩的爷爷，由三名警察护送着。

爷爷带着疲倦的微笑回答道：“今天我们必须再次定量分配水，只有第三区开放。”

他这么一说，很多等候的人都发出了呻吟声。很多人对维哈恩的爷爷挥舞拳头，或者大声谩骂。

“等警察下班了再动手，老家伙！”有人喊道，“到时看谁来保护你？”

显然，排队等水的人没有一个住在第三区。

两名不明身份的男子从暴民中挤了过来，走到警察面前。其中一个留着浓密的胡子，另一个拿着拐杖。留胡子的人和其中一名警察握手，在他耳边说了些什么。警察点了点头。

“走吧，班纳吉先生，”警察对维哈恩的爷爷说，“别的地方需要我们。”

维哈恩的爷爷悲伤地看了维哈恩一眼。他耸了耸肩，听天由命地拿起杆子，继续往前走，去了警察和两个不明身份的人想让他去的地方。

吉特万水资源分配的关键在于人。
那些古老的水管是
70 多年前建造的。

第十三章　拍摄纪录片

“那个留胡子的人贿赂了警察！”基托脱口而出。

“肯定的，”托马说，“他们握手的时候，我看到他给警察手里塞了钱。”

“我们不应该在公共场合谈论这些事情。”维哈恩一边说，一边紧张地看着潜伏在人行道上那些缺水的暴民。

“这是真的吗？”安妮卡没好气地问道，“吉特万这里除了污染，还有腐败吗？”

维哈恩无奈地点点头。“一些负责居民供水的人偏爱酒店老板和贵宾。还有一些人，比如我的爷爷，只能按照警察说的去做。”

“那两个人是谁？”马克斯问。

“很可能是酒店经营者或水经销商。”

基托说：“他们就是从这些苦难中赚钱的人。”

维哈恩再次点了点头。

“好吧，是时候切断他们的收入来源了。”马克斯大胆地说，“伙计们，我们需要可行的想法，而且要快。我认为应该把重点放在清洁和再利用已经从地下开采出来的水上，而不是开发新的资源。”

“你是谁？”一个带着纯正英国口音的女人问道，她刚刚从等待喝水的人群中挤了出来，手中拿着一台小巧的高清摄像机。

“我们是 CMI 的人，”克劳斯大摇大摆地走上前说，“我们是来帮忙的。”

马克斯翻了翻白眼。CMI 应该是在寻找解决方案，而不是宣传或自我推销。

“真的吗？”那个女人说，“你们只是一群孩子。你们觉得你们能帮助解决吉特万这里的水危机问题吗？”

“当然可以。”克劳斯挺起胸膛说，“事实上，我们要把水送到世界上每一个需要它的地方。”

“好吧，”马克斯强颜欢笑，“我们要在这里尝试一些东西，首先……”

“女士?”查尔走上前去，伊莎贝尔就在他身边，“你是谁?”

“马迪拉·詹姆斯。请告诉我，你是谁?”

查尔朝马克斯和他的团队点点头。“这些孩子的保镖。”

“真的吗?”

“真的。”

“这些孩子是我的朋友。”维哈恩说，“他们都非常聪明伶俐。通过我们的努力，也许真的能找到解决吉特万目前水危机的办法。”

“等一下，”那位女士说，“你是维哈恩·班纳吉博士，那个十三岁的天才少年，在孟买的印度理工学院教量子物理。”

维哈恩稍微脸红了。“兼职，但是，你知道，我的爷爷奶奶住在吉特万，而且……”

“太棒了。”那位女士打断了他，“我刚说了，我叫马迪拉·詹姆斯。”她向维哈恩甩出一张崭新的名片，然后继续说：“你可能从来没听说过我，我是一名获奖的纪录片制作人。我正在拍摄一部关于全球水危机的重要作品。你猜怎么着?”

“怎么？”

“我想我刚刚找到了我的主角！”

“那对我们没用。”查尔说。

马克斯看不到查尔在太阳镜后面的眼睛，但她猜想他可能向这位纪录片制作人投去了最冰冷的眼神。

“为什么不呢？”詹姆斯女士问，“这些孩子会给我的电影带来难以置信的关注度。如果通过他们的经历来讲述这个故事，人们就会想看。而看的人越多，你的事业就会有越多的支持者。”

“她说得很有道理。”克劳斯边说边抚平他的金发，他肯定已经准备好拍摄特写镜头了。

马克斯并不那么确定。

她不希望“公司”发现她和她的团队在哪里或者在做什么。

维哈恩说：“通过大众媒体的镜头聚焦印度的水问题应该是非常有益的。”

“但是，”马克斯说，“有些很有权势的人不希望我们在这里做我们正在做的事情。”

“而且，”安妮卡说，“他们也会不择手段，只要能抓到我们中的一个。”她和马克斯一样清楚地记得在耶路撒冷希伯来大学被追逐的那一幕。

“如果我不马上剪辑制作呢？”她急切地建议道，“我会拍摄视频素材，但在你们都安全离开这个国家之前，我都不会开始剪辑。想想看，一部这样的电影可能会改变全世界看待水问题的方式。”

马克斯知道詹姆斯女士的论点很有说服力。如果CMI致力于在全球范围内激发变革，那么一部纪录片可能有助于实现这一目标。长这么大，在镜头前她一直都很害羞，主要是因为她经常逃避人、逃避地方、逃避事情。也许是时候停止逃避并表明立场了。

“你得让马克斯远离镜头，”克劳斯建议道，“她是那些坏人最想抓的人，但是别担心，有人可以填补空缺，挑起这个重担。”

“太棒了。”詹姆斯说着，举起相机，对准克劳斯微笑的圆脸。

“我来自加州，”基托说，向导演展示了他胜利者的微笑，“我们都在加州拍电影。”

“你是从奥克兰来的，”托马说，“不是好莱坞。”

“你们？”马克斯说，“你们都忘了我们为什么在这里吗？”

“说真的，孩子们，”安妮卡说，“控制一下吧。”

“完全正确。”哈娜翻了个白眼。

马克斯转向查尔和伊莎贝尔。“你们觉得怎么样？”

“全球曝光这个问题不会有什么坏处。”伊莎贝尔说。

“在CMI团队离开印度一个月之前，不要公开这段录像，”查尔告诉导演，“别让马克斯上镜。”

詹姆斯女士伸出她的手。“一言为定。”

马克斯和她握了握手。

“那么，请原谅我这么问，”詹姆斯女士说，“CMI是什么？”

“变革者协会。”马克斯说。

“太好了，我需要把它记录下来。”

克劳斯在基托回答之前向前迈了一步。

“变革者协会是一个非政府组织，”他自豪地说，“致力于做出重大改变，以拯救这个星球和居住在这里的人类。所以，来吧，伙计们，让我们开始忙碌起来吧！”

马克斯完全同意他的观点，是时候开始工作了。

那么要为拍摄做些什么准备呢？

这甚至不在团队的考虑范围之内，因为这并非此行之目的。

齐姆博士带着他的手下来了。

莱纳德不在“公司”的飞机上。这个机器人仍然被困在爱尔兰，插着充电器，在睡眠模式下度过了一段美好的时光，“公司”源源不断地向机器人输入各种新闻和观点。这都是他们编程方法的一部分。

齐姆博士和手下租了一辆带有黑色车窗的运动型汽车。他不想让马克斯看到他来找她。

“追踪器在哪里？”他问现场的技术人员。

那个女人正在监控一台平板电脑，她的眼睛盯着一个闪烁的绿点。

“依然是静止的。自从两天前我们收到第一个信号后就没动过。”

“克劳斯一定是把它藏在手提箱里了。”齐姆博士说。

技术人员怀疑地看了他一眼。“大多数孩子无论走到哪里都带着手机。”

“嗯，我们的波兰朋友克劳斯不是大多数孩子，他是一个天才。此外，如果马克斯要求她的团队成员在执行任务期间都把手机收好，我也不会感到惊讶。他们需要专注于项目，没有时间发短信。”

“好的，先生，”技术人员说，“往北走，”她告诉司机，“我们的目标保持稳定，大约离此处 20 英里远。”

“先生们，给你们的武器上膛。”齐姆博士对坐在他一左一右的两个身材魁梧的人发出指示，两个人都配有特警装备，“这一次，我们不会冒任何风险。在马克斯想逃跑之前我们就用麻醉枪干倒她。董事会会很高兴的。”

汽车在尘土飞扬的路上隆隆行驶。这片土地看上去异常干旱，低矮的植物在布满岩石的山丘上生长着。看着这片干旱的光景，齐姆博士更加确信，马克斯和她的朋友们就在这个地区，正在解决缺水的问题。

“它应该就在前方，”追踪的技术人员说，“在那边的建筑里。”

汽车在一个写着“欢迎来到新墨西哥州”的标志牌前嘎吱嘎吱地驶离了公路。牌子后面还有一个牌子，表明这个低矮的建筑名叫咖啡馆。

咖啡馆的停车场上停着两辆汽车、一辆小货车和一辆摩托车。齐姆猛地打开车门，在车完全停稳之前跳下了车。

“带路！”他朝技术人员吼道。她赶在他前面进了大楼，两个手持武器的人走在最后。

“我能帮你们什么吗？”当四个人冲进咖啡馆时，柜台后面的女士问，“辣椒火锅比赛要到周六才开始。”

齐姆博士尽量保持微笑，不让尖尖的牙齿吓到当地人。“我们在找我女儿和她的朋友们。他们都是十二三岁的样子。”

“他们在这里做什么？”女士问，“这是一家咖啡馆。”

“在浴室。”技术人员说。

“打扰一下。”齐姆博士说。那些藏着麻醉飞镖枪的人跟在他后面。

“你们不能同时进去，”柜台后面的女士在他们身后喊道，“这是一个单人的位置。”

齐姆博士把门推开。

浴室是空的。

“打这个电话。”齐姆博士对着技术人员吼道。

她拨通了电话。

一个听起来像是有人在笑的铃声在阴暗的墙壁间回荡。

“在那里！”技术人员说，“在那个马桶水箱上面。”

齐姆博士伸手拿到了那部手机。

屏幕上有一张便利贴：

齐姆博士：

请不要在我生日的时候送我手机，因为我都不知道我的生日是什么时候。

真诚的马克斯

愤怒的齐姆博士转身看向他的团队。

“我们得走了，”齐姆博士说着，大步走出咖啡馆，来到停车场。他几乎是拽开了汽车的车门，然后爬上了后座。

“先生？”留在车上的司机说，“你有一个视频通话打来。”

“谁的？”齐姆博士问道。

“我觉得是个机器人。”司机小声说，“看起来像个孩子，自称莱纳德。”

莱纳德平和的面孔出现在汽车控制台上的小屏幕里。当然，他在咯咯地傻笑。

“下午好，齐姆博士。在荒无人烟的地方过得怎么样？”

“马克斯不在这里。”

“是的，我知道。”

“但是她给我留下了一张非常有趣的纸条。她提到不知道自己的生日是什么时候，但我知道。她出生的时候我就在那儿！很明显，我在心理上比她有优势。这就是为什么我要去西弗吉尼亚州向董事会申诉。我应该继续负责这次追捕。”

“不，你不应该。事实上，博士，我们不能再让你影响到这次任务了。”

“你们？”

“是的，我代表董事会发言。你是我们前进的障碍。我们祝你未来一切顺利。”

莱纳德的目光转向了司机。“请启动。”

司机毫不犹豫地掏出一把粗短的手枪，用麻醉飞镖击中了齐姆博士的大腿。

“搞什么！”博士说完最后几个字，头便向前垂下。

两名武装人员把他瘫软的身体拖出车外，扔在了停车场。

汽车迅速回到“公司”那随时待命的喷气式飞机旁。

留下失去知觉的齐姆博士一个人。

而且是在那荒无人烟的地方。

第十四章　头脑风暴

马克斯和她的团队沿着街道往回走，发现自己来到了吉特万一个比较富裕的地段——一条繁华的林荫大道，两旁是商店和公寓。

一辆瓶装水运输卡车在附近停下，卸下几个大塑料桶。

纪录片导演也看到了这场景，于是拿起相机拍下了这一幕。

“私人卖家已经介入，以满足对饮用水的需求。”维哈恩解释说，“如果你有足够的钱，你可以在家里装一个饮水机。而且，就像其他地方一样，你可以在商店或自动售货机买到瓶装水。在一些又小又暗的地方，你也可以买到装满水的密封袋。在那里，你们看到那个标志了吗？那家店是卖水的。”

詹姆斯女士放大了那个标志。

马克斯看到许多由自行车和三轮车拖着的平板推车，所有车上面都装满了水瓶。

“人们认为，在吉特万卖水会赚很多钱。”安妮卡说。

“是的，”维哈恩说，“会赚很多钱。这就是那两个人贿赂护送我爷爷的警察的原因。然而，如今在印度可以购买到的水有很多是不受任何政府机构监管的。这些瓶装水通常装的都是已经被污染的水。人们销售的大部分水都是自来水。”

“在一个居民供水的主要负责人确保他们的水管畅通之后。”安妮卡插话道。

维哈恩点点头。“没错。不过，有时候，包装水工把他们的‘产品’储存在满是死蟑螂的水箱里。”

“信息量太大了，”哈娜跳了一下说，“我可能再也不会喝水了。”

基托说：“嗯，你真的没有选择。”

哈娜看到一个街头小贩在卖软饮料。“哦，是的，我真没选择。”

她急忙跑去买了一瓶苏打水。

“我们需要专注于水的清洁和再利用。”马克斯说，这时大家蜷缩在一片空荡荡的人行道上。她伸手从松软的外套口袋里拿出一支粗短的粉笔。她弯下腰，在地上潦草地写下“水”字，又一遍遍地重描每个笔画，让这个字看起来十分粗壮。

“我们可以用化学药品来清洁水。”托马说，“含氯消毒液可以杀死微生物。”

马克斯擦掉了自己在人行道上瞎写的字，稍微清理了一下她写出的“水”。

“这就是他们在游泳池里使用含氯消毒液的原因。”基托说。

“完全正确。”托马说。

“哥们，问个小问题，”基托说，“你曾经不小心喝到过泳池里的水吗？很恶心。”

托马不情愿地点头了。

马克斯又把笔画加粗了。不知怎的，仅仅是来回移动粉笔的动作，就足以帮助她的思想游离到那个安静的地方，在那里她可能会找到解决办法。

哈娜又回到了团队中，用吸管喝着玻璃瓶里的冷饮。“氯也会干扰反渗透。”她说。

“反渗透！”克劳斯边说边打了个响指，“完美！我们可以制造一个巨大的机器，利用成吨的压力将液体从一层厚膜中挤出来，然后让机器人用紫外线对过滤后的水进行杀菌消毒！”

安妮卡摇了摇头。“太不严密了。如果反渗透能去除所有污染物，那么就不需要再用紫外线照射了。”

“但我喜欢变换着的事物。”

马克斯把粉笔侧了过来，让“水”字变得更粗。

灵感在不断涌现。

然后，哈娜开始无意识地往瓶子里吹泡泡。

“啊哈！”马克斯说着，猛地站起来，扔掉手里的粉笔，“就是它！泡泡！”

“泡泡？”詹姆斯女士说。

“嘘，”查尔小声说，把一根手指放在嘴唇上，“马克斯正在思考。”

詹姆斯女士把镜头对准了马克斯。

“等一下，”伊莎贝尔说，“不要拍马克斯，还记得吗？”

“哦，对。对不起。”她离开马克斯，去抓拍其他

泡泡？
反渗透？
氯化？
海绵？
水
用松树汁液过滤病原体？
煮沸它？
用香菜叶去除重金属？

孩子的反应镜头。

“你们有谁往两升装的柠檬苏打水瓶里扔过葡萄干吗？”马克斯问她的朋友们。

“葡萄干？”克劳斯说，“在我的苏打水里？好恶心。”

“那个小贩卖的就是碳酸饮料。”哈娜说。

“去把他最大的那瓶买过来。”马克斯说。

“好的。”哈娜说着就飞奔了过去。

“哪里有葡萄干？”马克斯问维哈恩。

“街区那头的杂货店肯定会有。”

“你能去买点吗？”

“当然。”

一分钟后，哈娜拿着一瓶两升的清澈苏打水回来了。

“太棒了，”马克斯说，“这将帮助我展示自己的想法。”

“这是你要的葡萄干。”维哈恩说着，递给马克斯一个纸袋，里面装满了皱巴巴的葡萄干。

“谢谢。”

马克斯拧开瓶盖，气泡立刻开始涌到瓶口。她抓了一把葡萄干，把它们塞进了瓶子里。

“嗯，”基托说，“葡萄干苏打水，可口。”

葡萄干迅速下沉到瓶底。但过了几秒钟，它们又漂浮到瓶顶。它们在上面盘旋了一会儿，然后又俯冲下来。很快，瓶子看起来就像一盏熔岩灯，“舞蹈”着的葡萄干在透明的液体中不断上下浮动。

“苏打水里的‘汽’其实是加压的二氧化碳，它更容易在表面上形成气泡。”马克斯解释道，“皱巴巴的葡萄干上有很多褶皱，表面积很大。气泡会附着在葡萄干上，并不断变大，直到漂浮的气泡带来的浮力最终克服葡萄干的重量，将其带向上方。当葡萄干浮到水面时，气泡破裂，葡萄干再次下沉。直到更多的气泡聚集在它的褶皱里，让它再次浮上水面。”

“那么，这究竟如何帮助我们清洁吉特万这里的水呢？”托马问道。

“很简单。”马克斯说。希望她真的能简单地解释她的想法，就像爱因斯坦说的，如果你不能简单地解释一个问题，那你就是不理解它。

“我们可以向被污染的水池深处注入大量的微小气泡，将油和其他废物带到水面，就像这些葡萄干一样，这样就可以把这些污染物清除。在经过这样的处理之后，这些水就可以用于工业或灌溉。”

“那饮用水呢？”维哈恩问道。

“我们得先进行过滤和消毒。”

“是的！”克劳斯手臂一振说，“启动紫外线杀菌器！”

“那么，你要把所有杂质都收集起来？”托马说。

“不错，”马克斯说，“我们从水中清除的废物可以转化为沼气和其他能源。”

“就像你跟我说的那个马粪和你以前住的马厩的那件事？”哈娜说。

“对，总之，如果我们要在一个没有钱的地方解决水的问题……”

“你是说地球上的很多地区？”基托声音沙哑地问。

“要解决这个问题，我们应该想出一个可持续的方法来做这件事。应该在清洁水的同时生产清洁水所需的能源，把水能源的恶性循环变成良性循环！”

“哦，”詹姆斯女士说，“恶性、良性，这句话听起来很有道理。”

“你不能用这一段。”查尔提醒她。

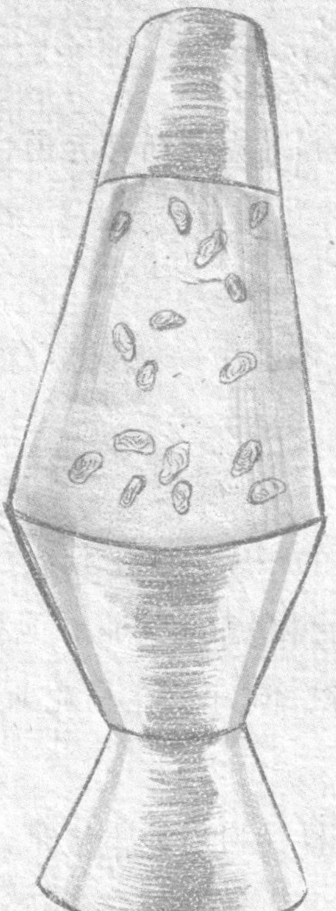

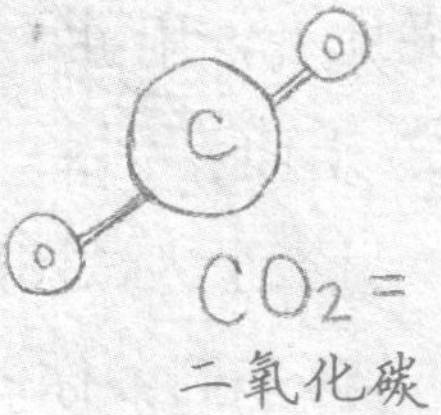

跳舞的葡萄干熔岩灯

“因为是马克斯说的。”克劳斯补充道，“你想让我重复一遍吗？在镜头里？”

“嗯，以后再说吧。”她说。

更戏剧性的事情正在发生，就在克劳斯和CMI的其他团队成员身后。

两个看起来很吓人的印度男人走到人行道上来。

留胡子的那个抽着粗短的雪茄，他把雪茄扔在水泥地上，用鞋子碾碎，刚好就在马克斯用粉笔画的“水”上面。

另一个人试图用手杖让自己显得优雅一些。

“孩子们，你们在这里干什么？”碾碎雪茄的人问道。他比另一个更年轻、更胖。

“我们来这里是为了寻找一个长期解决吉特万，甚至是印度所有地方清洁用水问题的办法。”维哈恩勇敢地说。

“孩子，你这是在浪费时间，”那个年轻一点的男人说，“这个办法已经找到了，就是买瓶装水公司的水。”

“就像我们卖的那种。”另一个年长的人说，“你是班纳吉的孙子，我没说错吧？”

“是的，先生。”

“好吧，小班纳吉，我们不喜欢你干扰我们的生意。对于你们的行为，我们一点也不领情。”

查尔和伊莎贝尔走上前去。

“有什么问题吗，先生们？”查尔问道。

“暂时还没有。”年轻的男人说，“但如果这些孩子不马上离开吉特万，可能就有问题了。”

“而且，”年长的男人说，“我们大人能控制局面。”

“祝你们今天愉快。”年轻的那个人说了这么一句后，两人便漫不经心地离开了。

马克斯说：“他这是什么意思？”

维哈恩回答说：“我怀疑他其实是在嘲讽我们。”

基托小声说：“就是这两个家伙买通了警察。”

“我觉得那两个家伙不希望我们在这里。”克劳斯说。

“因为谁控制了水，”安妮卡说，“谁就控制了整个城镇。”

马克斯能感觉到她很愤怒，脸颊泛红。

为什么赚钱总是比帮助人更重要？她想知道。她已经目睹了生活中太多的不公平，她不想再看到更多这样的事了。

“小孩们，马上离开。”那个年轻的人回头喊道。

“趁现在还不晚！”年长的那个人补充道，轻快地挥舞着他的手杖。

查尔向前冲去想追赶那两个人。他本想快速冲过去，但伊莎贝尔抓住了他的胳膊肘，阻止了他。

“让他们走吧，查尔。”她说。

查尔握紧拳头，手臂上的肌肉显现出来。“如果他们试图伤害这些孩子中的任何一个……”

“那么，我们就把他们撕碎，”伊莎贝尔说，“我们一起。”

“那两个人再次出现并威胁你们真是太好了。”詹姆斯女士说。

“嗯，什么？”基托说，“这有什么好的？”

“因为对于一部电影来说，没有什么比冲突更好的了。现在我们有了。他们是坏人，你们这些孩子才是好人！请见谅，我需要再抓拍一些他们的镜头，捕捉他们的行为，看他们怎么卖水。”

她带着相机小跑着离开了。

马克斯松了一口气。“很好，现在相机没了，我可以更自由地说话了。”

“太好了，”托马说，“我们的秘密撤离计划是什么？哪里有直升机、喷气式飞机或速度极快的汽车？”

“我们不会离开的，托马，”马克斯说，“有查尔和伊莎贝尔，我们是很安全的。所以我们需要保持专注，记住我们来这里的原因。”

“因为，”正忙着在笔记本上画素描的克劳斯说，“我们是天才。”

“要去拯救世界。”哈娜补充道。

维哈恩点点头。“生活取决于我们自己。记住，满足感来源于所付出的努力，而不是所谓的成就，因为全力以赴才是彻底的胜利。”

基托拱起眉毛。“甘地说过这话吗？”

“是的，他说过。”

基托点点头。“我就知道不是他说过就是爱因斯坦说过。”

“你们呢？”克劳斯说，“我为我们的净水机画了一些草图。没有机器人，但有很多活动部件。我们需要高压空气和微小的气泡。当气泡上升时，它们会膨胀……”

哈娜说：“它们会把脏东西带到水表面。”

“应该从小的设备着手，”安妮卡建议道，“先造一个便携式装置测试一下。”

“还可以设计一个微型的发电装置，”基托说，“用废料发电，使设备保持运行。”

“我打电话给本，”马克斯说，“他会帮我们找到供应商并支付所有材料的费用。”

“包括脏水？”基托开玩笑说。

“脏水，我的朋友，”维哈恩带着柔和的微笑说，“会很容易找到的，很简单，真的。”

便携式气浮装置

每小时可过滤 500 升水。

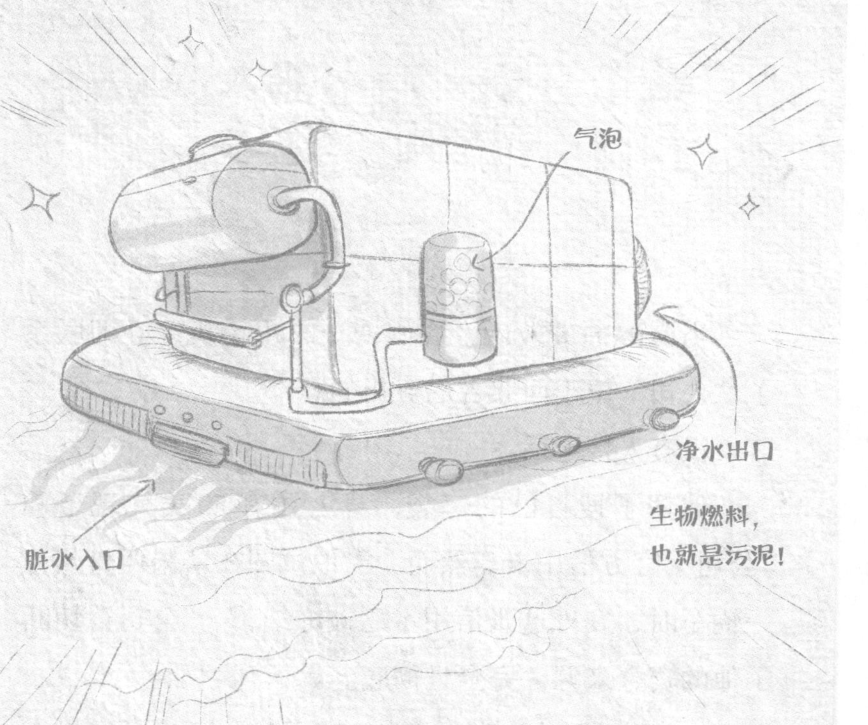

克劳斯仍在我们的团队中，
对此，我很高兴！

第十五章　净水器大成功

当麻醉剂失效后，齐姆博士拿出手机，立即联系了“公司”位于西弗吉尼亚州的总部。

没有人接电话。

他搜了搜自己的口袋，身上还有50美元现金和“公司”官方信用卡。然而，当他试图在新墨西哥州租一辆车时，发现这张信用卡已被冻结了。“公司”切断了他的资金来源，完全且彻底。

这意味着齐姆博士只有50美元和一部电话，没有朋友，还要走很远才能回到波士顿。幸运的是，租车公司的女员工给了他一张免费地图，还借给他手机充电器。

这是莱纳德造成的，齐姆博士一边想一边在公路上艰难前行。每当听到身后有车辆开过来时，他就会伸出手请求搭车，但没有人停车。

直到他不再微笑，他的牙齿太吓人了。

然后是一辆大卡车和一名旅行推销员开的车，最后是一辆皮卡把他带到了得克萨斯州的一个地方。他付不起旅馆费用，只能吃快餐店 3.99 美元的特惠晚餐。他只好露宿街头，后面是一个垃圾站。

他又搭便车向东走了三天，晚上不是睡在空旷的田野里，就是睡在加油站后面。他靠免费的番茄酱包生存，将番茄酱挤到热茶水里做番茄汤。有时他还会加些泡菜调味料。在纽约的一条公路上，他遇到一个同情他的大卡车司机，当时身上只剩下 2 美元 43 美分了。

“你去哪儿？”当齐姆博士爬进那辆隆隆作响的大货车驾驶室时，卡车司机问。

“波士顿。”

“好吧，我可以把你带到斯克内克塔迪。”

“谢谢。”

司机用鼻子嗅了嗅。

“你上次洗澡是什么时候？”

“恐怕是几天前吧。由于信用卡出了问题，我一直无法租车或预订酒店房间。”

卡车司机点了点头。“告诉我怎么回事吧。他们也曾冻结过我的信用卡一次。”

齐姆博士皱起了眉毛。“他们？”

“‘公司’，他们不喜欢我运送一些放射性废料。为了惩罚我，他们冻结了我的账户。但我们和解了，这只是个误会。现在我是他们所说的首席交通协调员，负责全国各地的包裹运输。他们让我去哪里，我就去哪里。”

卡车司机咧嘴一笑。齐姆博士伸手去抓门把手。“也许我应该……”

他被周围的门自动上锁的砰砰声打断了。

“你怎么找到我的？”他问道。

“简单，你口袋里的那部电话，三天半来，你一直在用它每小时整点给总部打电话吧？那是一个非常好的追踪器。”

齐姆博士听到了熟悉的咯咯笑声。

司机身后的一块板子打开了。显然，这辆卡车配备了卧铺车厢。

莱纳德坐在卧铺上。

“下午好，齐姆博士。”

“你！是你把我弄成这样的。”

“不。我相信这是你自己造成的，就像你说的那样，当你决定独自去寻找马克斯时。当然，这种寻找最终被证明是徒劳的。”

齐姆博士怒火中烧，却无可奈何，他被困住了。

“齐姆博士，”莱纳德用平静的可怕声音说，“你需要告诉我你所知道的关于马克斯的一切，所有一切。而且，你可能还没意识到，如果你说谎，我会知道的。我最近升了级，现在我配备了最先进的生物识别传感器。”

“不妨让我来告诉你一件我很确定的事，”齐姆博士冷笑道，“没有我，你永远找不到马克斯。”

莱纳德咯咯地笑道。“我已经找到了。”

“什么？”

“在挖掘所有可用数据时，我发现了一些来自印度吉特万的非常有趣的聊天记录。一家卖水公司的老板一直在回应现场工作人员的投诉，我听到他们的对话中提到‘一群爱动脑筋的小鬼在制造麻烦’，他们还抱怨说，‘纪录片制作人正在拍一部以这些孩子为主角的电影’。当然，我还扫描了几个纪录片制作人经常光顾的不同的云存储域……”

虽然齐姆博士不愿意承认，但他对莱纳德的数据侦察能力很是佩服。

“我能够相当轻松地破解云服务器的保护协议，”莱纳德继续说道，“然后我利用面部识别软件，识别并定位了克劳斯。”

“他在哪里？”

莱纳德歪着头，笑得更开心了。“当然是在印度的吉特万。CMI 的天才们在忙一个净水项目，他的脸出现在工作视频中。”

“马克斯和他们在一起吗？”

“是的。不过，有关她的片段只有一个。我立刻认出了她那一头乱蓬蓬的鬈发。还有她的安保人员，就是我们在爱尔兰遇到的那两名特工，他们正在警告拍下那段录像的人，以后不要让马克斯上镜。到目前为止，拍摄者已经都照做了。现在，告诉我你所知道的关于马克斯的一切。她的过去、她的父母、她来自哪里、她的生日。在某种程度上，她和著名的阿尔伯特·爱因斯坦教授有关吗？她和你有亲戚关系吗？”

齐姆博士咧嘴一笑。“哦，我会告诉你一切的，莱纳德。你所要求的一切，甚至更多。但要等我们到达印度之后。”

莱纳德看起来很困惑，但他没有抗议。

“很好。你将和我一起去印度，作为我的私人助理和人类心理学顾问。”

“谢谢你，莱纳德。”

齐姆博士笑了。他又回到了狩猎中。

这次轮到他咯咯笑了。

最后，马克斯和她的团队花了一周时间在被污染的讷尔默达河的岸边建造并安装了净水机装置，就在吉特万郊外。

“干得好，克劳斯。”马克斯说。

“嗯，这其实是团队的努力，”克劳斯说，“我的意思是，我设计了它，然后其他人都参与了进来。拍摄纪录片的女士呢？”他亲切地拍了拍一个金属水箱，“这个宝宝已经准备好拍特写了。”

“我想她今天是在城里拍摄。”基托说，“克劳斯，虽然你的发明很出色，但在视觉上并不是很炫酷。”

“你在开玩笑吗？看看那些管子、开关，还有那些小玩意！”

“我们需要全天候二十四小时保护这个装置，”维哈恩对查尔和伊莎贝尔说，“爷爷告诉我，上周威胁我们的那两个家伙和所有坏人的关系都很好。他们有钱有势，控制着所有的瓶装水自动售货机。他们还收买了一些腐败的地方政客。”

“别担心，我们会处理好安全问题，”查尔说，“你们专注于解决水问题就行。”

“但是那些瓶装水商人会派更多的打手来威胁我们，”维哈恩继续说道，“还有我们的家人。”

“你担心他们会对你爷爷做什么？”马克斯问。

维哈恩点点头。“他的工作已经够辛苦的了，我不想让他的处境更糟。”

“那我们就离开这里吧。”托马说。

“不，”马克斯说，“我们需要测试这个装置。如果能把水弄干净，你爷爷和其他居民供水的主要负责人的日子就好过了。”

“谁控制了水，谁就控制了城镇。”维哈恩嘟囔着，

每天约有 200 万吨污水排入河流，还有未经处理的工业和农业废水。
到 2030 年，世界将面临 40% 的清洁水供需缺口。

一语道破。

“我们已经准备好启动装置了。”克劳斯说，“希望那位女士带着她的相机在这里。”

“伙计，你可能打碎了她的镜头。”基托开玩笑说，“我应该成为 CMI 的新代言人。”

“等等，”哈娜说，“进展有点太快了。我们还需要想出某种过滤系统。”

“我们还需要吃午饭。”基托说，“我饿了。”

“你说得对，”马克斯说，“休息一下吧。你们确实应该休息一下。”

“维哈恩？”克劳斯放下工具说，“在哪里可以买到那种辛辣的印度意大利面？这食物太棒了，即使它是素食。”

维哈恩终于笑了。“我知道附近有个地方。”

“那我们还在这里做什么？”基托说。

整个团队和伊莎贝尔离开了河岸。查尔留下来看守装置。

在维哈恩带他们去的小餐馆里，意大利面很辣，番茄酱里面放了辣椒片和咖喱之类的东西。每个人都转动着叉子，狼吞虎咽地吃起来。

除了马克斯。

“有意思。”她说。

“你不喜欢吃辣吗？”当维哈恩注意到马克斯没有吃东西的时候，他问道。她只是把面条在盘子里推来推去。

“不是的，很好吃。但是你看，酱汁是如何渗过盘子周围较薄的面条层，而不是渗过中间较厚的面条层。”

“什么意思？”克劳斯说着，嘴里塞满了意大利面。

“意大利面仿佛是一层薄膜，”马克斯若有所思地说，“想要把这个模型发挥到逻辑的极致，可以把尽可能细的面条密集地放在一起，然后创建一个网格，过滤掉最微小的颗粒。”

“但是，”安妮卡一边说，一边把面条铺平，吸着酱汁，“如果我们的过滤器吸收了所有的杂质，它最终会被堵塞。”

“说得好，”维哈恩说，“那怎么才能保持过滤器畅通呢，马克斯？”

她想了想，然后她想到了爱因斯坦。

他是如何因在光电效应方面的工作而获得诺贝尔

奖的？光电效应是指在光的照射下，电路中产生电流或电流变化的现象。

“光催化。”马克斯说。

“什么？你想逛翠湖？”克劳斯说。

“太棒了。”维哈恩说。

“谢谢。”克劳斯说。

“别打岔，我是说光催化的想法。”维哈恩继续说，“它采用了爱因斯坦的光电效应概念，在这种情况下，光照在物体上，即催化剂上，会产生电子，从而推动化学反应。”

“二氧化钛！”马克斯说。

“确实！”维哈恩表示同意，“二氧化钛，当被光激活时，可以将污染物分解成无害的小颗粒。”

“而且，”安妮卡说，“如果我们利用来自太阳的光，就不会产生额外的能源成本。”

“我们的过滤问题就解决了！”马克斯说。

“等一下，”伊莎贝尔说着，摸了摸她的耳机，“有另一个问题，在河岸边。查尔说我们的两个朋友回来了。这一次，他们带来了一小支队伍。”

“除了净水机，我们需要给那些暴徒添加些别的烦心事！”马克斯边喊边和她的团队成员飞速上了面包车。

“你有什么想法？”伊莎贝尔坐在驾驶座上问道。

坐在副驾驶上的马克斯转过身来。“维哈恩？”

“怎么了？”

“你说这些卖瓶装水的家伙在镇上经营自动售货机？”

“是的，任何贴着‘新鲜纯净’标签的机器都是他们的。”

他的话被突然前行的货车打断了。伊莎贝尔的脚刚刚放在了油门上。

“我在离河大约一个街区的地方看到了一个自动售货机。”伊莎贝尔在引擎的轰鸣声中说。

“完美，”马克斯说，“我们要让它失灵。这是一个重大的时刻。但首先，我们要去一个地方，一个杂货店。”

“收到。”伊莎贝尔一边说，一边轻敲面包车的导航控制面板，寻找最近的杂货店。

“你没吃饱吗？”基托问道。

“不是，只是需要买一些盐、一份报纸和几瓶水。如果他们有‘新鲜纯净’牌子的水的话。”

“现在你想买他们家的水了？”安妮卡说，“我还以为你是想攻击他们的自动售货机呢。”

“我是这么想的，”马克斯顽皮地笑着说，“用他们自己的一瓶价格过高的水来做这件事只会增加讽刺意味。”

伊莎贝尔开着车，呼啸着来到一家小杂货店前的路沿上。马克斯和安妮卡冲了进去，拿起他们恶作剧所需的所有材料。

“每两升水混合半杯盐。”马克斯拿着温热的水回到车里说。

哈娜和基托负责制作盐水。

“你们，”马克斯对托马和克劳斯说，“把这些报纸卷成漏斗状。安妮卡，上车吧。我们需要参观一下那台自动售货机了。”

马克斯爬回副驾驶座位。伊莎贝尔疾驰而去。

“哇！”面包车在一个急转弯时，基托喊道，“减速，水都晃出来了。”

“自己处理一下！”伊莎贝尔喊道，她把车猛地来了另一个急转弯，“时间紧迫，查尔说他快拖不住那些人了。他们有六个人。”

“情况很危急吗？”克劳斯边说边把一捆报纸卷成漏斗状，“我见过查尔同时对付八个人。”

“这六个人都有枪。”伊莎贝尔说。

“哦，好吧，那不一样。”

“那里！”安妮卡喊道，她坐在两个前排座位之间，扫视着地面，“我看到自动售货机了。”

伊莎贝尔踩了刹车，轮胎发出嘎吱声，面包车停了下来。

“克劳斯？”马克斯说着下了车，“把你的漏斗给我。哈娜，把那瓶盐水递给我。”

“不，”哈娜说，“我和你一起去。”

“好吧，我们一起跑过去。”

两个女孩跑向自动售货机。“摇一摇你的溶液。”马克斯指示哈娜。

哈娜摇晃着她的水瓶。

马克斯把报纸漏斗的顶端塞进自动售货机的投币口。

“把盐水倒进去，”马克斯告诉哈娜，“顺着这条管子往下倒。”

“真的吗？”哈娜说，“它会进入自动售货机里。”

“没错，”马克斯说，“里面有一个电力开关，专门控制水瓶的释放。盐和水混合在一起，会产生温和的电荷。当溶液流过开关时，就会形成一个盐桥。电流会通过它，使机器短路，这样就会使开关失控。”

“然后机器就会开始吐出免费的瓶装水？”

“直到它完全空了。”马克斯说。

“哇哦！”

哈娜把水倒了进去。马克斯听到里面有东西在发出声音，闻到了一点臭臭的味道。然后她听到了一个声音，接着是更多声音。水瓶开始从机器里滚出来，弹到人行道上，滚下山坡。

拿着水桶在水罐车排队等候的人们冲过来，争抢着向他们滚去的免费瓶装水。

马克斯和哈娜跑回面包车。

“那边两个街区还有一台‘新鲜纯净’自动售货机。”伊莎贝尔摸了下耳朵说道，“不过等一等。我们可能不需要去给它灌水了。查尔说卖水的人听说他们的机器免费送水，赶紧跑去修了，不管我们的净水机了。”

“很好，”马克斯说，“那我们就和他们交换位置吧！”

“好的，”伊莎贝尔说，“大家都系好安全带。”她一脚猛踩油门，面包车沿着街道向河岸飞驰而去。

她不得不按响喇叭，提醒沿街奔跑的七个男人让开。

跑得最慢的，也就是跑在队伍后面的那个，就是留着胡子的那个人。

科学证明，抽雪茄肯定会让人在跑步的时候呼吸更困难，尤其是在高海拔地区。

赶走坏人之后，团队又花了一天时间添加了所有的过滤设备。

“是时候启动这个宝贝了！”克劳斯喊道。

詹姆斯女士手持相机记录下了这个重要的时刻。一群村民也聚集在他们的装置周围。许多人带着水壶和水桶。维哈恩的爷爷班纳吉和他们站在一起，交叉着手指，希望孙子的神奇机器能帮助他减轻作为居民供水主要负责人的工作压力。

“你们准备好了吗？”马克斯问。

“准备好了！”她的队友喊道。

“克劳斯，扭动开关，打开水龙头！”

克劳斯把手放在阀门手柄上，然后直视着詹姆斯女士的摄像机镜头。“这只是扭动开关的一小步，却是净水的一大步！”

马克斯笑了。克劳斯，这个CMI的问题少年，已经变成了CMI最有价值（也是最具娱乐性）的资产。

他打开了水阀。维哈恩和安妮卡按下开关，高压气泡开始在清洗槽中发出声音。

“出现污泥了。”哈娜在第一批废料到达水面时报告说。

“启动清除步骤！”基托喊道。

“清除。”托马一边说，一边按下一个绿色按钮。

“有机物质正在进入另一区域。”哈娜说，“开始厌氧消化。我们在无氧容器中分解它。很快，我们就可以用自己的天然气做饭了！”

“还可以自己发电！”托马补充说。

“过滤器功能正常，”位于装置远端水龙头附近的安妮卡说，“我们马上就会有干净、可饮用的水了。

十、九……”

马克斯和其他人也加入了倒计时的行列，他们看着水穿过管道和过滤器。“八、七、六、五……”

马克斯轻推了下维哈恩。“你喝第一杯。”她说。

“谢谢。”

“三、二、一！”

维哈恩转动水龙头。水流入他举在水龙头下的锡杯中。

“快，”当水上升到杯沿时，他说，“我们一滴水都不想浪费。有谁想要灌满水壶？”

镇上的人都走上前去。

“我想我们最好站成一列。”克劳斯笑着说。

吉特万的人们也这样做了，排成一列非常有礼貌有秩序的长队。

维哈恩的杯子满了之后，排在队伍最前面的一位老妇人在水龙头下面放了一个橡胶桶。当维哈恩喝下一大杯清爽的水时，詹姆斯女士的镜头移了过来，拍下了一个特写。

他喊道：“太可口了！”

人群欢呼起来。

等着水桶装满的老太太拥抱了维哈恩。“谢谢！”她说。

“不客气。”

“你们这些破坏者！”那个留着小胡子、抽着雪茄的矮胖男人又回来了。

“你们弄坏了我们的一台自动售货机。”

“有什么证据，伙计？”基托说。

“离开吉特万！”那人咆哮着，差点把雪茄咬成两半。

“除非我们给这些人提供他们应得的新鲜、干净的水！”维哈恩说。

“那是污浊的河水！”年长的那个人挥舞着手杖喊道。

“不再是了，”马克斯说，“我们净化了它。”

“走着瞧！”两个人转身走开了。

“再见！”一个市民喊道，“我们不再需要你们了！我们有维哈恩和他的朋友们！”

“哇哦！”其他人喊道。

“哇哦！”

马克斯感觉棒极了。她和她的团队找到了另一个水是所有自然现象的驱动力。

——列奥纳多·达·芬奇

问题的另一个解决方案。

就在这时，查尔的电话开始响起来。

他看着屏幕。

“是视频通话。”

“本打电话来祝贺我们？”马克斯问。

查尔摇了摇头。“不，是莱纳德，我们在爱尔兰遇到的那个机器人，他想和你谈谈。”

第十六章　自来水公司的威胁

伊莎贝尔示意詹姆斯女士停止拍摄。

她照做了。

马克斯从查尔手里接过电话。

“恭喜你，马克斯。”莱纳德咧嘴笑着说，他的脸占满了手机的屏幕，“我在吉特万的新朋友告诉我，你已经完成了净水工程，做得很好。现在你可以自由地和我一起工作了，我们将拥有量子计算机。”

“不，谢谢。”

“但是齐姆博士也在这里，他非常了解你。”机器人咯咯地笑着，“我现在也知道一些了，你有一段非常有趣的经历。”

“你在哪里？”

“离你现在的位置很近。”

“你在印度？”

“如果你也在那里的话，马克斯。我难道还想去世界上的其他地方？”

“你怎么找到我们的？”

“通过勤奋和努力。”

马克斯瞥了克劳斯一眼。他翻出口袋，里面是空的。

“我没买新手机，”他说，“我发誓。”

“这哥们一直在借用我的。”基托补充道。

“这次不是克劳斯，”莱纳德通过电话说，“那个‘有用的白痴’已经不再有用了。于是，我做了比地球上任何人都擅长的事情。我筛选了所有可用的在线数据，相信我，有很多。这么多的资料来源，我在很短的时间内就能浏览完。我的运行速度很快，马克斯。想象一下我们在一起能做什么。现在，净水公司会派两位代表护送你到我这里来。”

“你和他们合作？”马克斯说。

“哦，是的。我的创造者，也就是‘公司’，最近收购了他们的瓶装水业务。因此，他们现在为我们工作。”

“齐姆博士和你在一起吗？”

“是的，但纯粹是以顾问的身份。他会回答你所有的问题，包括你是谁？你从哪里来？我知道你很想弄清楚这些信息。”

这个提议当然很诱人。如果齐姆博士真的了解他声称知道的一切，那么马克斯可能最终会弄明白一切。马克斯长这么大以来都在想她是谁，她从哪里来，为什么她姓爱因斯坦。齐姆博士是她遇到的唯一一个答应回答所有这些问题的人。其他人可以接替她在CMI的领导工作，这样，自己就能完成她真正的使命：找出她在这个世界上原本的身份。

莱纳德一定读懂了马克斯的眼神。

“我非常期待与您合作，打造世界上最好、最快、最智能的量子计算机，马克斯，”他说，“这个计算机可能会成为我的新大脑。”

“在你的旅程中，与我合作是合乎逻辑的下一个步骤。”莱纳德得意地笑着，继续说道，“如果你愿意，可以邀请你的印度朋友维哈恩加入我们。据我所知，他对量子力学颇有心得。他可以做你的助手。”接着又是一阵咯咯的笑声。

马克斯想起了爱因斯坦教授曾经说过的另一件事：“我们的技术已经超越了我们的人性，这已经变得非常明显了。”

她不相信这个高科技的机器人。她也不怎么喜欢他。

也许她命中注定要成为的人，就是她已经成为的人：她希望看到世界因自己的存在而发生了一点变化。

“对不起，”她对着电话说，“量子计算机可以等等。”

“但是齐姆博士知道你的生日。”

“这听起来很有吸引力。但比起什么时候吹蜡烛、吃冰激凌和蛋糕，我还有更重要的事情要关心。”

“真的吗？”莱纳德窃笑道，“还有什么比发现真实的自己更重要的呢？”

“我不知道，比如拯救世界，净化水资源。”

“你确定吗，马克斯？”

“百分之百确定。”

“很好，我们会尝试用其他方式说服你。”

“其他方式是什么意思？”

“十五分钟后你会看到的。马克斯，下次你试图净化河水时，你可能需要确定进水管不是位于铜冶炼厂的下游。”

马克斯把手机扔还给查尔。

“追踪到电话了吗？”马克斯问。

查尔摇了摇头。“它正在全球范围内游移，追踪不到。”

“真令人惊叹！”詹姆斯女士大声说道，她正在放大观察那条浑浊的河流，“你可以看到污染使河水变得浑浊！它呈漩涡状，是橙色的，看起来就像着火了一样！”

“这一点都不酷！”马克斯对着詹姆斯女士喊道，她开始有些歇斯底里了。因为她知道炼铜厂的污染会造成多大的破坏。水中的铅、砷、硒会迅速污染下游居民的身体。铜冶炼厂产生的空气污染足以“杀死”树叶，使它们从树上掉下来。想象一下如果你喝了这些东西会发生什么。

“‘公司’的所作所为太可怕了！”马克斯冲着詹姆斯女士喊道。

“也许吧，”詹姆斯女士说，“但河里的漩涡产生了一种非常棒的视觉效果。”

“我告诉过你们，我们应该去做别的项目，”托马抱怨道，“这太危险了，就像深邃的太空一样危险。”

马克斯没有理会托马，径直跑向克劳斯和安妮卡操控的净水装置。

“把它关了，”马克斯喊道，“停止发放水。”

“可我们两分钟前才打开它！”克劳斯抱怨道。

“这太冒险了，克劳斯。关掉它！”

“好吧。”克劳斯按下了一系列开关。

马克斯转向那根蜿蜒向上通向水龙头的线，基托刚刚拧紧了水龙头。

“对不起，伙计们，”她对疲惫的当地人说，“今天没有水了。上游的铜冶炼厂刚刚将大量的砷和铅倒入河里，那是毒性很大的东西。”

“我们知道，”其中一个女人说，“还记得铜冶炼厂污染空气的时候，我们的喉咙都在发烫。”

“有一股呛人的雾气。”一个男人补充说。

马克斯希望她能向这些人承诺，她会让一切都好起来，就像其他孩子在操场上擦伤了膝盖后，他们的母亲安慰他们那样。

没有人能让马克斯的生活变得更好。她不知道自己能否为维哈恩和所有指望着她的人做到这一点。

“我们会搞定的，”安妮卡向马克斯保证，“但我们需要进行一些正儿八经的测试，好百分之百地确定这些装置在发挥作用，并把水净化干净！”

“还会采集样本。”克劳斯说，“多希望蒂莎能在这里帮忙处理化学问题。”

“是啊，”马克斯说，她仍然沉浸在自己的思绪中，“我也是。”

“我能搞定，”哈娜说，“我们植物学家都在努力确保我们的植物能喝到干净的水。”

“谢谢。”马克斯咕哝着。

哈娜开始用带塞子的试管收集水样。

马克斯终于把目光投向了维哈恩。他的肩膀耷拉着，眼眶湿润。

“这太可怕了，”他悲伤地嘟囔着，“我们什么也没做，只是让事情变得更糟了。”

马克斯点点头，维哈恩说的没错。她开始质疑变革者协会的整个使命。他们在吉特万做的唯一改变似乎是让事情变得更糟。他们的存在不但没有帮助到水源清理，反而使水的毒性更大了。

马克斯和她的团队关闭了所有装置，然后用一块厚防水布盖住它们。在马克斯看来，这就像是把它们塞进了被窝，放到了床上，永远搁置在那里。

当他们回到皇家公爵酒店时，前台有他们的一封信，收件人落款为“年轻的行善者”。

“让我打开看看。”查尔一边说着一边仔细检查信封的接缝，看有没有可疑的粉末痕迹。

他用刀划开了信封。

“写的什么？”马克斯问。

“最后通牒。”查尔说。

“是‘公司’寄来的吗？”克劳斯问道。

查尔点点头。“我们的老朋友，齐姆博士。”

马克斯叹了口气。“上面写了什么？”

查尔读了齐姆博士写的内容：“‘将马克斯交给我们。如果你们这么做了，最近的上游污染问题就会消失，剩下的人可以继续尝试拯救世界，只是得去别的地方施展这些拯救行为，比如爱尔兰、非洲、阿根廷。请放心，吉特万的用水需求将由‘公司’最近全资收购的新鲜纯净瓶装水公司负责。”

那天晚上吃饭的时候，没有人多说话，连基托和克劳斯都没说。

安妮卡确实指出了“公司”信中的逻辑缺陷。“如果行善意味着要做一些如此邪恶的事情，怎么可能继续在这个世界上行善呢？我们不能把马克斯交给齐姆博士。”

后来，马克斯试图入睡，这似乎是一项不可能完成的任务，她与自己的偶像阿尔伯特·爱因斯坦又进行了一次短暂的内心对话。

“我在这里做的弊大于利。”她说。

“但是要记住，马克斯，”她脑海里那个温柔的、祖父般的声音回答说，“世界不会被那些作恶的人毁灭，而是被那些看着他们作恶却什么都不做的人毁灭。”

“否则它就会被像我这样的人毁灭，”马克斯固执地想，“就是那些做了一些让世界变得比他们做之前更糟的事情的人。”

她想象中的爱因斯坦想要回答，但马克斯阻止了他。

她已经下定决心了。

啊啊啊啊啊啊啊啊啊啊啊啊啊啊！

她知道她必须做些什么。

明天早上的第一件事，她会给本打电话。作为“天选之人”，她会递交辞呈。

她要退出。

第十七章　马克斯被绑架

“辞职？”本说。

“是的，”马克斯说，“我不想，但我认为我必须这么做。”

那是一个印度的清晨。马克斯把手机带到了餐厅的露台上，那里的信号比较好。

“听着，本，”马克斯继续说，“我的存在正危及你和你的变革者协会所做的所有努力。如果没有我，你们的活动会开展得更好。我不知道为什么齐姆博士和‘公司’这么想要我，只要我领导团队，他们就会继续破坏你们的努力。”

“因为他们是一群疯疯癫癫的邪恶的人！”一个熟悉的声音喊道。

是西沃恩，她和蒂莎溜达出来，在酒店的露台上和马克斯会合。

“嗯，本？”马克斯对着电话说。

“怎么了？”

“西沃恩和蒂莎刚刚过来了。”

“我知道，她们在爱尔兰完成了任务。现在她们有一个更重要的任务：给你讲道理！听你朋友的话，马克斯。记住爱因斯坦教授说的话。”

“你是说世界不会被那些作恶的人毁灭，而是被那些袖手旁观的人毁灭吗？”

“好吧，”本说，“当然，那个，你喜欢就好。现在，如果你不介意的话，克劳斯刚刚发出了一大笔钱的订购单，订购你们需要的所有部件，来制造更多的装置，并在吉特万清洁更多的水。”

应该由克劳斯来负责，马克斯想。他想要把项目继续做下去。而且，他没有被齐姆博士和“公司”监视。

“那就给我们说说吧，姑娘，”马克斯刚挂掉电话，蒂莎便开口说道，“听说你要辞职，这是怎么回事？”

“我只是觉得这可能是最好的选择。”

“马克斯？”西沃恩说，“通常我很欣赏你的想法，甚至你那异想天开的思想实验。真的，我喜欢。这些想法通常都很有趣。但是现在呢？你没有在思考，姑娘。你在噘着嘴自怨自艾。”

马克斯没有回答。她知道西沃恩说得对，朋友就是这样，他们有时比你自己更了解你。

“顺便说一句，”蒂莎说，“哈娜和我分享了她对受污染的水进行的化学分析。是你们这群小伙伴发明了那些过滤器？他们正在做的这项工作，非常成功。他们真的很棒，马克斯。现在水很干净，可以用了。”

“也就是说，人们可以喝它，对吗？”西沃恩说。

“没错。”蒂莎点点头说。

“那么，要咬字清楚，得说可饮用，而不是可用，听起来好像你可以使用它。”

维哈恩来到露台上加入了对话。

“吉特万的人民要求当地政府提供干净的水。”他说，“这是人民的权利，也是政府的责任。我们将举行大规模的抗议游行和集会。如果有必要，我们将关闭这座铜冶炼厂。”

马克斯咧嘴一笑。“你让我想起了另一个勇敢的印度人——圣雄甘地。你们要像他发动‘食盐进军’抗议英国殖民统治那样，向铜厂进军！”

维哈恩点点头。“我们崇拜的英雄可以教会我们很多，马克斯。尤其是当我们可以模仿他们的行为并像他们那样做的时候。不过，我们并不向工厂进军。我们将秉持着非暴力反抗的精神前往市政官员办公室，拿出证据，揭露这些瓶装水售货商通过贿赂官员，轻松获得本应流入普通家庭的自来水。爷爷会站出来作证，即使这意味着他会失去作为居民供水的主要负责人的工作，即使这意味着失去生命。像我这样的孩子将会带头前进，因为这是我们的世界，我们想要它重回原貌。”

马克斯再次明白为什么本在他的变革者协会只想要孩子（还有几个全副武装的监护人）。如果不做出改变，如果像大人们几十年来一直做的那样忽视大问题，孩子们将会失去更多。

西沃恩看着马克斯的眼睛。“还想辞职吗，姑娘？”

“不，”马克斯说，“我想做我的偶像阿尔伯特·爱因斯坦会做的事。我想坚守这个问题，直到我们找到解决办法！”

“我们需要彻底结束‘公司’的干涉，”马克斯告诉她的队友，“如果能解决这个问题，我们就能更容易地解决全球范围内的其他问题！”

“好主意，”西沃恩说，“但你究竟打算如何击败一个拥有无限资源的邪恶跨国组织，更不用说他们还有一支装备精良的准军事部队？”

所有的目光都集中在马克斯身上。

“给他们，他们认为自己想要的东西，实际上，这可能正是我们所需要的。”

其他人只是点了点头。他们不知道马克斯在想什么。

“她又在做相对论的事了，”西沃恩悄声对蒂莎说，“不是吗？一切都取决于你如何看待某件事。”

“是的，”蒂莎说，“相对论。”

“我只是希望，无论你计划做什么，都能阻止‘公司’污染河流或破坏我们的装置。”维哈恩说。

“哦，我想会的，”马克斯说，她在脑子里快速地进行了一个思维实验，并制定出了一个新计划，“我们需要基托的帮助。”

“做什么？”维哈恩问道。

“重建他为我们做的定位装置！”

“为什么？”蒂莎问道。

“这样就可以打电话给齐姆博士了。”

基托连续快速敲击着笔记本电脑上的按键。

“我在回忆你们在爱尔兰时我走过的路。”他说，“‘公司’在克劳斯的手机里植入了微型追踪芯片。它将报告发送给了这个号码。”

基托解释了该芯片如何传输跟踪和导航数据以及手机的通信活动。

“他们监听了你所有的电话，老兄，”他告诉克劳斯，“他们也在追踪你的短信和网络活动。”

克劳斯看起来十分不快，就像刚吃了一根用臭袜子做成的香肠。

“他们把这些数据传输到哪里去了？”马克斯问。

“连接到一个安装在控制设备上的应用程序相关联的号码，”基托说，“比如，一个烦人的人形机器人。”

“莱纳德，”马克斯说，“他比警犬还厉害。”

“实际上，”机器人专家克劳斯解释道，“莱纳德的好坏取决于他接收到的信息。这玩意靠人工智能运作。

这意味着他只学习‘公司’想让他学习的东西。他们把我的位置信息和通讯细节直接输入到数据中，因为‘公司’想让莱纳德尽可能了解关于我和我们的一切。”

“有点恐怖，是吧？”基托说。

“当然。”马克斯说。

当马克斯、克劳斯和基托逆向搭建了“公司”在爱尔兰追踪 CMI 团队的方式时，其他的成员（包括查尔和伊莎贝尔）已经和领导吉特万抗议活动的维哈恩走了。多年来压抑导致的沮丧情绪无疑激发了当地人的活力。这让马克斯想起了牛顿的第三运动定律：对于每一个行为（政治腐败导致缺乏饮用水），都会有一个相等且相反的反应（愤怒的公民走上街头）。

“需要鼓励吉特万的人民使用圣雄甘地的非暴力抵抗理念，”维哈恩说，“我们将效仿甘地的做法。我们将抵制淡水公司，就像甘地让印度人民在寻求独立的过程中抵制英国商品那样。我们将敦促人们在任何时候都秉持这种理念。”

维哈恩和吉特万人民的抵抗只是马克斯两步走计划中的一部分。

“那么，基托，”她问道，“既然我们知道了如何联系莱纳德，你能帮我装一个微型摄像头吗？”

“当然，我包里有一堆。”

“怎么那么多？”克劳斯问道。

“因为……给你，”基托递给马克斯一个微型摄像头，“把它从你衬衫上的扣眼里穿出来，完美。”

“谢谢。”马克斯一边说，一边确保微型摄像头看起来不过是一个闪亮的纽扣，“现在，让我们回到莱纳德的数据方面。我们需要重新与他建立联系。”

“当然，”基托耸耸肩说，“这很容易”。

“马克斯，你在想什么？”克劳斯问道。

“基托要把我交给‘公司’了。”

“我？”基托说，“为什么？”

“因为‘公司’是一个超级神秘的组织，没有人真正知道他们的存在。”

“但是，”克劳斯慢慢明白过来了，说道，“如果你能用摄像机把他们承认的事情录下来，就可以发给所有的主要新闻机构，让‘公司’向公众露出它的丑陋面孔，他们的隐形衣也会消失。如果每个人都知道你是谁，你就不可能成为机密了。”

“完全正确！”马克斯说。

“基托，”马克斯说，“当你联系莱纳德的时候，假装是一个准备把我交给‘公司’的间谍，理由是你不满意自己不是CMI团队的负责人。”

“真的吗？”克劳斯问道，“因为，说实话，我以前也这么想过。”

马克斯没有搭理克劳斯。“打电话吧，基托。”

基托戴上耳机，轻敲一系列数字键，拨通了电话。

突然，马克斯感到一股暖风扑面而来。

有人刚刚走进了餐厅。

实际上，有好几个人。齐姆博士和他的手下，还有莱纳德。

“你的朋友没有必要联系我，马克斯，”莱纳德咯咯地笑着说，“看！我已经在这里了。”

马克斯醒来时发现自己在一个堆满塑料瓶装水瓶的仓库里。

透过一面墙的窗户，她可以看到流水线上的液体正被灌到瓶子里。一台机器把写着“新鲜纯净”的标签贴在透明的瓶子上，瓶子里装的基本上是自来水。可能是在腐败政府官员的压力下自来水被居民供水的

微型摄像头或
闪亮的纽扣？
完美的计划
=
智力
+
想象力
我们要揭露这家公司！

主要负责人从家中转移了。

马克斯发现自己瘫坐在椅子上，但她的手和脚踝并没有被绑在上面。她感到昏昏沉沉，只模糊记得齐姆博士的手下用气枪射出的麻醉飞镖射中了她、克劳斯和基托。齐姆博士和莱纳德一定认为不需要捆绑马克斯。他们指望用麻醉药来控制她。

这是他们犯的第一个错误。

她费尽全力，最后还是站了起来，跌跌撞撞地走到门口。她抓住门把手，试图拧它，但拧不开，门被锁上了。好吧，他们并没有她最初想的那么蠢。

然而，他们确实犯了第二个错误。

马克斯身上的摄像头还在，不幸的是，它的红色指示灯在闪烁，它已经没电了。基托把摄像头从单肩包里掏出来的时候，没检查电源。

马克斯猜想“公司”的人把打了镇静剂的克劳斯和基托丢在了酒店的地板上。她还猜测，她朋友们的镇静剂会和她的差不多同时失效。实际上，她也希望是这样。

马克斯抬头看了看仓库的天花板。

“太好了！”她看到了她要找的东西：一个用电池

供电的烟雾探测器。

她在烟雾探测器的正下方堆了一堆纸箱，然后又用纸箱做了一级级的台阶。浑身酸痛的她小心翼翼地爬上每一层纸箱。她伸出手，直到感觉肩膀都要从身体上掉出来，才啪的一声打开了烟雾探测器。门在铰链上晃动着。马克斯深吸了一口气，再次抬起手，用手指握住电池，用力一拽。

她用尽所有的力气拉着它，因为她还需要把塑料连接器和电源线都扯下来。

“找到了。”她摇摇晃晃地走下临时搭建的梯子时说。她的双腿仍然不能完全自主活动。

马克斯以最快的速度移动，强行打开了摄像头的背面，露出了没电的电池。她把电池抠了出来。桌上放着一卷胶带，是用来粘纸盒的。马克斯撕下了几块方形的胶带。接下来，她把从电池上剥下来的红色电线连接到相机电池背面的“+”符号上，黑色的电线连接在“-”符号上。

然后马克斯等待着。

整整六十秒。

当六十秒结束时，她把充好电的电池塞回摄像头

里。指示灯闪着绿色的光。电池有电了，可能没有太多，但希望够用。

她把摄像头在房间里转了一圈。

“好了，伙计们，”当她的摄像头拍摄到仓库和工厂车间的自动传送带时，她低声说道，“不知道你们是不是已经醒过来了，我不知道他们把我带到了哪里，但我想可能是一家瓶装水厂，或一个仓库。这东西能显示定位吗？如果能，你就是我所认识的最了不起的天才了，基托，你要是能确切地知道我的位置，请转告克劳斯一声，我需要他。”

门咔的一声打开了。

马克斯急转过身来。

莱纳德正慢慢吞吞地走进仓库。

第十八章　赢家

“我们自来水公司的新朋友知道你们这些孩子住在皇家公爵酒店，”莱纳德笑着说，“他们只是忘了及时告诉我们这一事实。”他摇摇头，似乎在叹息，“不幸的是，我的人工智能只能靠给出的数据来判断。”

就在这时，莱纳德看到了马克斯的微型摄像头。

“很聪明，马克斯。”

莱纳德独自一人，身边没有守卫，没有齐姆博士，没有自来水公司的坏人。

“我的朋友们没有搜查你是否携带了任何隐藏的武器，或者，在这种情况下，是否携带了隐藏的摄像头，”莱纳德咯咯地笑着说，“这是一向容易犯错的齐姆博士犯的又一个人为错误。我猜这个摄像头可以进行实时动态直播，并且向你的朋友们发送信号？”

“是的。”

“那么我想我们没有多少时间了，是吗？你的朋友们很快就要来了。两个神秘的成年人带着所有的武器。也许还有那个拿着摄像机的讨厌女人。与此同时，我一个人在这里。其他人都得去市中心处理你的朋友维哈恩和一群相当吵闹和不守规矩的当地抗议者。很好，我就长话短说吧。齐姆博士有很多话要告诉你。”

“什么？”

“各种各样的事情。比如，为什么你的行李箱里会有阿尔伯特·爱因斯坦的照片。说到这个，我们来谈谈你的手提箱吧。你知道它们都是从哪里来的吗？”

马克斯摇了摇头。

“手提箱和照片是齐姆博士给你的。”

“什么？为什么？”

“显然是为了让你永远记得自己是谁。”

“好吧，那么，我是谁？”

“这个我们可以以后再讨论，在你同意我的条件之后。”

“所以，突然之间，你就负责了‘公司’针对 CMI

的行动？”

“是的，”莱纳德说，“这是一种更有效的操作方式，因为，正如你可能猜到的，我不容易犯人为错误。”

马克斯知道她必须拖延时间。她必须给基托和克劳斯足够的时间找到她。她必须表现出对莱纳德的条件感兴趣的样子。

“好吧，我在听，”她说，“你想让我做什么？”

“和我一起工作，救赎你的偶像——阿尔伯特·爱因斯坦。”

马克斯笑了。“救赎他？”

“是的。你看，马克斯，你敬佩的爱因斯坦教授来自一个不同的时代。他在量子力学方面犯了很多的错误，他把量子力学称为‘幽灵般的超距作用’，无法忍受它的‘模糊性’。他甚至说他不相信上帝在和宇宙玩骰子，从而公开驳斥了它的不确定性原理。他同意这个原理在数学上是可行的。他只是无法用他 19 世纪的大脑来理解这个可能成为 21 世纪最耀眼的科学成就的东西。”

“‘公司’想要造一台量子计算机，对吧？”

“是的，马克斯。它可以通过同时进行无数次计算来解决极其复杂的问题。一种小巧紧凑的计算机，它甚至可以装进我的脑袋里。”

“你想要一个量子计算机大脑？”

“哦，是的。甚至比你想知道你的父母是谁还更想要。和我一起工作吧，马克斯，我有百分之九十九的把握，我们都会找到我们在寻找的东西。你不需要CMI，你已经跟他们走得够远了。但你和我呢？一起工作吧，我们将实现量子飞跃！而齐姆博士会回答每一个曾经让你夜不能寐的问题！比如，你是谁？你从哪里来？为什么你姓爱因斯坦？跟我合作，齐姆博士会把他知道的一切都告诉你！一切！”

马克斯考虑了莱纳德的提议——也许只有两秒钟。

当你是个孤儿，突然发现自己是一个大家庭的一员时，你不会轻易放弃知晓自身身份的机会。CMI是马克斯的第一个家庭。她不会抛弃他们，即使齐姆博士声称知道所有的秘密。

但她仍然需要争取时间。

“好吧，”她告诉莱纳德，“我们下一盘国际象棋怎么样？如果你能打败我，我就和‘公司’合作。如果我赢了，你就来为我工作。”

莱纳德无法控制地笑了起来。

“为你工作？”

“还有 CMI。”

“比赛开始了。”莱纳德笑着说。然后他按了按耳朵，从他左鼻孔流出的光束投射出一个棋盘。半透明的方格棋盘和三十二个排列整齐的棋子在马克斯和莱纳德之间的空中盘旋。

“只要轻敲你想要移动的棋子，向你想要移动的方向滑动就可以了。”莱纳德解释说，“如果你希望你的棋子移动两个空格而不是一个空格，你只需点击两次。”

马克斯点了点头，回想起自己在纽约市华盛顿广场公园的棋桌上打败温斯托克（以及其他所有人）的数百次经历。

毫无疑问，她是国际象棋大师，但莱纳德是一个人工智能机器人。他可能比马克斯知道更多的大师级策略和招式。

在他们玩的时候，莱纳德变得有些健谈了。

“那么，如果可以的话，我想知道，马克斯，为什么你和你的朋友们努力在这个世界上行善呢?”他问道。

马克斯耸了耸肩，轻敲了一下棋盘上的棋子。“我认为我们都有责任尽我们所能做好事。此外，做好事的感觉很好。”

莱纳德摇了摇头。“我对慈善的看法很简单，”他说，听起来像是在引用他的创造者下载到他硬盘上的东西，“我不认为慈善是一种美德，最重要的是，我不认为它是一种责任。”

“那么你认为什么是责任呢?”马克斯问道，她下了一步棋，威胁着莱纳德的“王”。

“贪婪，”他边回答，边成功地抵挡住了马克斯的进攻，“贪婪是好的，贪婪是对的，贪婪起着作用。贪婪能够阐明、切入并抓住进化的本质。贪婪，以各种形式表现出来——对生命、金钱、爱情和知识的贪婪——标志着人类的进步。”

现在，他的话像是在引用电影中的一个桥段。

这时马克斯才完全意识到，莱纳德只是一个空容器，里面装满了他的创造者所灌输给他的信息和知识。在某种程度上，他可以同时行善或作恶。这一切都取决于他接收到的信息和被给予的数据。

马克斯把她的“车”滑到了完美的突袭位置。

“将军。”马克斯说。

“不可能的，我被设定为永远不会输。”

“是的，这就是编程的问题所在。他来自程序员，不幸的是，他们也是人。就像齐姆博士一样，也会犯错。”

“我不承认失败。胜利不仅是一切，而且是唯一。”

“谁给你喂了这么多垃圾观念？”

“我在‘公司’的朋友。他们精心策划了我的观念。他们给了我信心，使我能够昂首挺胸。”

“他们也给了你一堆垃圾。”

就在这时，门吱呀一声开了。

是克劳斯。

“你就是那个波兰男孩，”莱纳德冷笑道，“你叫克劳斯，是我们的有用的白痴。”

“没错，”克劳斯说，话音中流露出不善与阴险，“我知道你抓住了马克斯。好，你应该把她绑在椅子上。”

“你在这里做什么，克劳斯？”莱纳德问。

“我想做的不仅仅是一个有用的白痴。”

“克劳斯？”马克斯惊讶道，声音中带着点害怕，“你在干什么？”

“我们都知道，应该由我来领导 CMI。”克劳斯说，“但本为什么选择了你而不是我来领导这个团队？你说得对，马克斯。你的出现减慢了我们的速度。你不是当老大的料，我才是。”

克劳斯从口袋里掏出一个 U 盘。

“莱纳德？我来这里是想把一些新信息上传到你的硬盘中。你可能需要这些信息以便更好地控制马克斯。这是好东西。里面包括她的传闻、她的好恶和心理弱点。”

“你为什么要把这个带给我？”莱纳德问。

“因为我想要我应得的东西，我想消灭我的竞争对手。”

莱纳德咧嘴笑了。“你是一个非常贪婪的男孩。”

“是的，”克劳斯说，“贪婪是好的。所以在这里，让我帮你牵线。向你那神奇的大脑输入一些马克斯特有的新数据。我看到你的输入端口了，只需要插入这个 U 盘……”

克劳斯走到机器人后面，进入他的盲区。

“对不起，克劳斯，”莱纳德说着，试图把脑袋转个 180 度，但他不能，“数据输入只能由经过授权的‘公司’技术人员来管理，他们必须经过……”

克劳斯将 U 盘插入了莱纳德的后脑勺，他说到一半就停止了。

“别担心，”克劳斯说，“我完全获得了授权。哎呀，我真是个机器人天才！”

莱纳德的头向前一倾，双目像死鱼的眼睛一样。

“他还好吗？”马克斯问。

“没事，”克劳斯说，“我只是让他快速重启了。他的硬盘内容正在自动删除，大概需要一个小时。”

“有人和你一起过来吗？”马克斯问。

“查尔，基托和我醒来后便和他联系，仅仅十秒钟他就回到了酒店。他在大厅外面，蹲在那扇窗户下面。他是我的私人保镖，这太酷了。”

“基托还好吗？”马克斯问。

“是的。在我和查尔准备出发后，他下山去参加了维哈恩的抗议集会。”克劳斯用指关节敲了敲窗户，“都安全了，机器人处于睡眠模式。”

查尔突然出现，匆匆走进房间。

“这个设施是安全的，”他报告说，“齐姆博士、‘公司’的人和瓶装水公司的坏人都在吉特万，他们正试图搞点什么，让维哈恩的非暴力抗议变成暴力行为。马克斯，这栋楼里只有你和莱纳德。”

“机器人想和你一对一谈话，”克劳斯说着，指了指那个现在已经瘫痪的机器人，他的腰部弯着，“大概是他觉得可以用他那宝藏般的纯逻辑让你和我们反目成仇吧。我们可能会中招，尤其是我。”

“不可能。”马克斯笑着说。

“你忘了我之前是怎么搞砸的吗？就是齐姆博士送给我手机那件事。”克劳斯说。

“你只是犯了几个错误，”马克斯告诉他，“那又怎样？就像爱因斯坦常说的：‘从不犯错的人，从来就没有尝试过新事物。’”

“爱因斯坦说过？”

“没有。”马克斯笑着说，“是马克斯·爱因斯坦这么说的。说到尝试新事物……”

“什么？”克劳斯说，“我看到了你的那种眼神，马克斯。就是在你有一个伟大的想法诞生之前，眼神中透出的那种闪光。”

马克斯转向查尔。“我们需要把克劳斯和莱纳德送到耶路撒冷的 CMI 总部。”

“你想偷他们的机器人？”克劳斯说。

“这不是真正的偷窃，这是翻新。而且，这是我们的约定。”

“嗯？”

“我们下棋的赌注。如果我输了，我会去为‘公司’工作，如果莱纳德输了……”

“他会为我们工作？”查尔说。

“是的。所以现在我们需要你，克劳斯，来领导我们的 CMI 机器人修复工作。我们需要你给莱纳德的人工智能输入一些新的原始数据。这可怜的机器人的仿生大脑需要更好的材料。”

克劳斯说：“我觉得这是个好主意。”

“其他人还在抗议吗？”马克斯问查尔。

查尔点点头。“维哈恩和他的爷爷带领着游行队伍穿过街道，走向市政专员的办公室。”

“我去加入他们，”马克斯说，“你帮克劳斯把我们的新朋友莱纳德从这里拖出去。”

“把我们送上飞往耶路撒冷的第一班飞机吧，查尔，”克劳斯说，“我有一些重要的机器人重启工作要做。”

第十九章　净水计划的胜利和新的开始

马克斯与 CMI 团队的其他成员以及看起来像整个吉特万的居民一起，在市政专员办公室外的广场上举行集会。

维哈恩和他的爷爷领导了这次集会，马克斯认为本就应该这样。这里是他们的家，很多游行者都是儿童。他们走上街头，为自己的未来而战。

“我是居民供水的主要负责人！”维哈恩的爷爷通过扩音器喊道，“有卖水的人贿赂警察！水应该属于所有的人，而不仅仅是那些有钱让水流向他们想要的地方的贪婪的人。”

“我们会继续清洁你们的用水！”维哈恩补充道，

甘地的非暴力抗议理论

水就是生命！
保卫我们的水！
保卫我们的水
用水是人类的权利！
保卫我们的水！
就是命！
我水！
水就是生命！
用水是人类的权利！
就是命！
水就是生命！

他从爷爷手中接过扩音器，“我和我的朋友们将制造更多的机器。我们会教你们如何操作。但真正的改变，要靠你们这些吉特万人。你们要确保政府能够保障干净的水流向最需要它的人。而不是给那些花最多钱的人，他们只会把我们的过滤水装进瓶子和袋子里，然后卖出去赚钱！”

一个长得像市长的小个子男人走到政府大楼的台阶上向人群发表讲话。

“我们会做出很多改变，”市政专员向维哈恩和抗议者承诺，“首先，我们解雇了那些本应保护我们的居民供水的主要负责人的警察，他们不仅不履行职责，还出言恐吓。我还要求警方逮捕了‘新鲜纯净’公司的几名代表。他们要对很多事情负责。”

人群欢呼起来。马克斯认为自来水公司的两个坏人会在监狱里过夜了。

“这是新的一天的黎明！”专员承诺道，“多亏了维哈恩·班纳吉和他的年轻朋友们，我们很快就会有许多新的清洁水源。我们将确保这些水到达人们最需要它的地方。”

人群再次欢呼起来。如果当天下午举行选举，市政专员肯定会以压倒性优势大获全胜。

当马克斯发现基托在人群中举着“水就是生命”的标语牌时，她对基托说：“谢谢你派克劳斯来处理我的求救信号。”

“不客气，我调整了摄像头，记录下了每一个镜头的坐标，然后，找到你就很容易了。”

“那是因为你让事情变得容易了，你是一个天才。”

基托耸耸肩。“该怎么说呢，这是一种天赋，马克斯。”

“是吗？”

“我们团队的每个人都具有天赋，记得吗？”

“是的，而且我永远都不会忘记的。”

“齐姆博士刚走了，”西沃恩过来告诉马克斯，蒂莎和她在一起，“我们一直在盯着他和他的手下。”

“他们听到了专员的话，决定是时候收起尾巴，从哪里爬出来，就躲回哪里去了。”西沃恩补充说。

“如果‘公司’出售其瓶装水公司的股份，我不会感到惊讶，”蒂莎说，“因为这已经成为一场公关灾难。”

“我确实听到齐姆博士告诉他的手下，他们需要回到仓库去取一件‘设备’。”西沃恩说。

“是莱纳德。”马克斯说。

“没错。”

“哎呀。”马克斯也咯咯地笑了。

“怎么了？”

“莱纳德走了，他和克劳斯正在前往耶路撒冷CMI总部的路上。伙计们，他不是个坏机器人，他只是被编程成那样的。”

“所以，我们要对这个机器人进行反编程？”蒂莎说，“我们要确保他的人工智能充满更聪明、更好的想法？”

“不是我们，”马克斯说，“是克劳斯。”

“哎呀！”西沃恩说，“这该死的机器人会整天想吃香肠的，每天都想吃。”

马克斯和她的朋友们都笑了。

这种感觉太好了。

有欢笑。

还有朋友。

两周后，CMI团队在吉特万安装了六台净水机并开始运行。

这些设备都是自给自足且绿色环保的。他们利用废物来产生气体以驱动发电机。

马克斯为她的团队感到无比骄傲。是的，他们很年轻，但他们已经取得了这么多的成就。他们给刚果带来了电力，现在又给吉特万带来了干净的水。

还有很多事情要做。

“我希望吉特万有更好的基础设施来运送我们这清洁的水。”维哈恩说，“地下水管是老早以前遗留下来的古董，更换这些水管要花一大笔钱。”

“我会和本谈谈的，”马克斯说，“也许他可以帮助提供无息贷款。”

基托在网上发布了 CMI 所有的净水计划，这样印度各地（更不用说全世界）的城镇和村庄都可以复制吉特万的做法。

“这就是我们做出重大改变的方式。”马克斯说，“我们发现一个问题，然后研究它，直到想出解决方案，然后我们在小范围内测试这个解决方案。”

“一旦我们证明它有效，”安妮卡说，“下一个合乎逻辑的步骤就是与全世界分享它。”

一个人只有在年轻时才能发明真正新颖的东西，后来他越来越有经验，越来越著名——但思想却越来越僵化了。

——阿尔伯特·爱因斯坦

“免费分享！”托马补充说。

“是的，”马克斯说，“我想这就是‘公司’讨厌我们的原因。他们不理解‘免费’这个词，他们更喜欢另一个词，那就是‘贪婪’！”

“那么，我们下一个需要解决的问题是什么，马克斯？”哈娜问道，“接下来我们要去哪里？”

“我不确定，”马克斯说，“当然，我有各种各样的想法，但我想我需要和本商量一下。”

好像心有灵犀，她的手机开始响了起来。

是本打来的。

他很快就同意了贷款的想法，然后他说他想见见马克斯。

马上。

在伦敦。

“等你结束伦敦的行程后，就回爱尔兰看我们。”西沃恩告诉马克斯，这时她们正在酒店里收拾行李。

“我可能会去的。”马克斯说。

马克斯在她收藏爱因斯坦纪念品的手提箱里增加了一件新纪念品：维哈恩给她的一张照片，照片上圣雄甘地和阿尔伯特·爱因斯坦在一起。

维哈恩在照片背面写的那句话对马克斯来说也意义重大。

> 我相信甘地的观点是我们这个时代所有政治人物中最开明的。我们应该努力按照他的精神做事，不是用暴力来为我们的事业而战，而是不参与我们认为不正确的事情。
>
> ——阿尔伯特·爱因斯坦

马克斯表示同意。她不会参与任何她认为不正确的事情。

她不会为“公司”制造量子计算机，无论齐姆博士是否告诉她她是谁、从哪里来，她都不会。

马克斯和伊莎贝尔一起乘坐本的私人飞机飞往伦敦。

在这座雾蒙蒙的城市里，她感觉就像回到了家一样。很多人和她一样，穿着松软的风衣走来走去。马克斯希望能去看一些旅游景点，比如伦敦眼、白金汉宫等。

但本另有打算。

“我不知道他为什么要让我们在这个不起眼的餐厅见面。”伊莎贝尔收到进一步指示的短信后说。

“他是本，”马克斯耸了耸肩说，“他很古怪。”

“不知道你接下来会不会住在伦敦？”伊莎贝尔问道。

“也许，我不确定。”

“没有家一定很难受吧。”

“是啊，”马克斯说，“但是现在，我有了一个家——CMI。无论我们走到哪里，那里都是我的家。”

本约了马克斯和伊莎贝尔在一家餐厅见面。

马克斯在网上快速搜索了一下，发现这是一家拥有两百多个座位的中、泰、印、意融合餐厅，提供“任您吃到饱”的自助餐，从比萨到印度烤肉，从鱼到中国面条，应有尽有。

“这么多菜啊，”马克斯嘟囔着说，“而且你可以用一个菜的价钱吃你想吃的所有东西。”

“还好我饿了。”伊莎贝尔补充道。

她们发现本坐在离火锅不远的一张桌子旁，那里还有棕色巧克力。

“你们好，马克斯、伊莎贝尔。”

“嘿，本，”马克斯说。她很高兴再次见到这位年轻的亿万富翁。

“干得好，在印度。”

“谢谢。”

“那么，本？”伊莎贝尔问道，“你什么时候开始吃自助餐的？”

“今天，我想是的，今天。这是我第一次吃。看看那些食物，”他指了指面馆和印度烤肉烤炉，“大蒜烤饼、普通烤饼……”

烤饼是马克斯在吉特万爱吃的又热又松软的印度面包。

“咖喱鸡、炸薯条、脆皮鸭……来自世界各地的食物。还有焦糖布丁、苹果酥、巧克力火锅。你想吃多少就吃多少，什么都可以。”

“哦，好吧，”马克斯说，“我想我们即将迎来一场皇家盛宴。”

“太好了，”伊莎贝尔说，“我们在飞机上没吃东西，我快饿死了。”

“啊，”本说，“你饿了。就像今天地球上一些人一样。每年都会有千万人将死于饥饿。”

马克斯从桌边推开了椅子。“突然间，我觉得在自助餐厅吃晚餐不太好了。”

“我也是。”伊莎贝尔补充道，她从膝盖上拿起餐巾，揉成一个皱巴巴的布团。

“不要只是难过，”本说，“让我们做点什么吧。”

“这是我们的下一个任务吗？”马克斯问，“世界饥饿是一个大问题。”

“问题很大。”本说，“但如果有人能解决这个问题，那就是你们！”

“好吧，”马克斯说，“我们知道，不能用通常思维来解决问题。我们需要一些新的想法、一些新的思维。”

“你可能还需要一个新的CMI队友。”本从桌边站了起来，“他在停车场等我们呢。”

“你招募并训练了一个新成员？”伊莎贝尔说，她和马克斯跟着本走出了餐厅。

“是的，”本说，“他是一个非常优秀的思想家。我从没见过比他更会处理数据的人。”

本领着马克斯和伊莎贝尔来到停在餐厅后面的

一辆高大的面包车前。他用指关节敲了敲后门，门打开了。

“嘿，马克斯。你好，伊莎贝尔。”克劳斯在车里，津津有味地吃着他从锡罐里拿出来的小香肠，“见见里奥。”

他指了指那个曾经被称为莱纳德的人形机器人。

“你好，马克斯。你好，武术小姐。”

“她叫伊莎贝尔。”克劳斯对机器人说。

“更正，你好，伊莎贝尔。”

“嘿，里奥。”

“你给他重新编程了吗？”马克斯问克劳斯。

“是的。我尽我所能按照你的说明来做。添加了我自己的一些数据点。”

“马克斯，”男孩机器人里奥说，“我期待与你和你的团队合作。你的朋友克劳斯给我灌输了各种有趣的新信息，包括来自世界各地的几种美味香肠的食谱。”

马克斯笑着摇了摇头。“你无法抗拒，对吧？”

“你说得对，”克劳斯说。“但我也把你的好东西都喂给了他。”

“如果人类因为害怕惩罚而被约束，那他就真的很可怜了。”里奥说。

“阿尔伯特·爱因斯坦是这么说的。”马克斯评论道。

“是的，”克劳斯说，“我想，爱因斯坦博士的几句话也许能有助于永久消除‘公司’喂给他的那些‘垃圾’。所以我下载了一本名为《爱因斯坦终极语录》的完整电子版。现在，你和里奥可以整天交换语录了。”

马克斯点点头，转向里奥。“贪婪呢？赚钱呢？”

“好吧，马克斯，请允许我提供一些明智的建议：不要努力成为一个成功的人，而要努力成为一个有价值的人。”

马克斯笑了。“爱因斯坦教授说得再好不过了。欢迎加入团队，里奥。”

“谢谢你。”机器人微笑着说。

然后，他开始咯咯地笑了。

“没办法，”克劳斯说，“这是我无法从他身上破解的一个小故障。”

开始你的冒险

虽然马克斯的冒险可能已经结束了，但你可以通过这些活动重新体验书中的时刻，并开始你自己的阅读冒险。让我们开始吧！

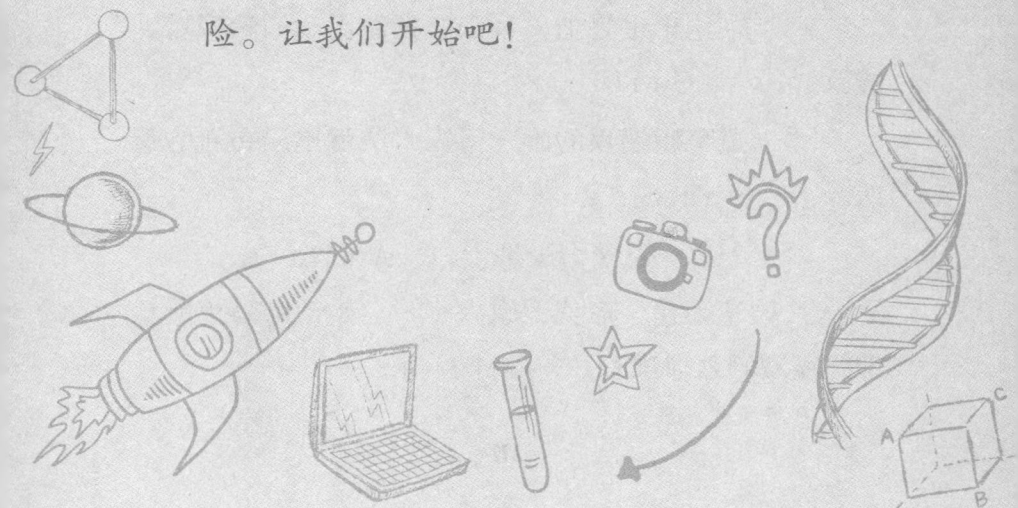

说出那个角色的名字！

马克斯的生活中有一些非常特别的人！他们每个人都有独特的品质、想法或专业知识。接下来，你会发现马克斯在变革者协会诸多队友的特有身份线索。根据这些线索，拼出角色的名字。

✎机器人专家；来自波兰；热爱各种美食。 Ke Lao Si

✎来自肯尼亚的生物化学家；十三岁获得博士学位。 Di Sa

✎地球科学专家；希望有朝一日研究出能够预测重大自然事件的技术。 Xi Wo En

✎来自加州的计算机科学家；也是在斯坦福大学学习的黑客专家。 Ji Tuo

✎十四岁的亿万富翁；成立了变革者协会。 Ben

✎“在这个世界上，我们必须做出我们希望看到的改变。” Gan Di

✎“避免犯错误的唯一可靠方法就是没有新的想法。” Ai Yin Si Tan

✎十三岁；量子力学博士。 Wei Ha En

✎被认为是“形式逻辑大师”；她帮助马克斯从耶路撒冷的公司逃脱。 An Ni Ka

✎来自日本的植物学家；热衷于节约用水。 Ha Na

✎天体物理学家；来自中国；痴迷于黑洞、暗物质和虫洞。 Tuo Ma

谁是你生命中特别的人？创造你自己的身份线索，打乱他们的名字拼音顺序。把这些线索发给朋友或家人来解决！

答案：
克劳斯、蒂莎、西沃恩、基托、本、甘地、爱因斯坦、维哈恩、安妮卡、哈娜、托马

动动手！

如何让蒂莎的二氧化碳喷发？

材料：

2 个杯子、水、小苏打、洗洁精、醋。

建议在家长监督下操作！

指导说明：

1. 把水倒进杯子三分之一处；
2. 加入两勺小苏打；
3. 在另一个杯子里装满醋和一些洗洁精，搅匀；
4. 迅速将醋和洗洁精混合倒入另一个杯中；
5. 退后，看“火山喷发”；
6. 加入更多的醋，重复这个操作，直到小苏打耗尽。

工作原理

当它们接触时，醋和小苏打会发生反应，形成一种叫作二氧化碳的气体。二氧化碳气体在混合物中向上涌动，使其起泡并溢出杯子。这实在是太棒了！

实验时间

重复这个操作几次，但每次都有细微的不同。把你的发现记录下来，这样你就能记住达到最大喷发效果的最佳方法！

★不用洗洁精，这样会有区别吗？

★试着少加一勺小苏打，会发生什么呢？

★如果把洗洁精加入小苏打水中呢？

★你还能想到其他的方式吗？都试试吧！

马克斯·爱因斯坦在哪儿？

马克斯在书中与变革者协会一起帮助那些需要帮助的人。齐姆博士热衷于了解马克斯的踪迹，以阻止她的善行并绑架她，这样他就可以利用她的知识来满足自己的贪婪。解开线索，找出马克斯逃离齐姆博士魔爪的地方。你可能需要借助书中内容来解开这些线索。

纽约

1. 她在这里停下来和温斯托克先生下了几盘棋。这总能帮助马克斯在漫长的一天结束后放松一下。马克斯在哪儿？（15 页）

____

____

2. 马克斯起得很早，给物理 1601 班作报告。你可以在普品厅的三楼找到她。马克斯在哪儿？（27 页）

____

____

爱尔兰

1. 马克斯想吃一些炸鱼薯条，就停在这里吃饭。马克斯在哪儿？（101 页）

2. 西沃恩的家。马克斯在哪儿？（103 页）

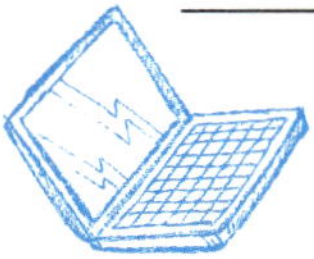

3. 克劳斯告诉马克斯，她一定要来这里尝尝馅饼、糕点和一大碗炖牛肉。马克斯在哪儿？（125 页）

印度

1. 马克斯暂停了拯救世界的工作，欣赏这里的景色。她看到了拥挤的山坡和一个有着色彩鲜艳的三四

层建筑的小镇。马克斯在哪儿？（161 页）

2. 马克斯等人为吉特万人制造并安装了净水机装置。马克斯在哪儿？（203 页）

3. 马克斯被麻醉飞镖射中后在这栋楼里醒来。马克斯在哪儿？（238 页）

答案：
纽约
1. 华盛顿广场公园　2. 哥伦比亚大学
爱尔兰
1. 戈尔韦　2. 爱尔兰中部　3. 利维餐厅
印度
1. 吉特万　2. 讷尔默达河　3. 堆满塑料瓶装水瓶的仓库

作用力/反作用力

寻宝游戏

马克斯（和牛顿）告诉我们，每一个作用力都有一个大小相等、方向相反的反作用力。例如，想象你在踢球。你的脚向球的方向摆动，并与球接触，这就是作用力。然后球以同样的力量和速度移动，这就是反作用力。

马克斯想让你帮她准备下一堂课。她需要找到牛顿第三定律的日常例子。在这个活动中，你要进行一场寻宝游戏，在你周围的世界中找到牛顿第三定律的例子。你必须弄清楚它们的作用力和反作用力。穿上你的鞋，拿起你的《马克斯·爱因斯坦2：逆行者使命》，再拿上一支铅笔和一张纸，然后走到离你不远的地方。

1. 仰望天空。看着那只鸟在你的上方高高飞翔。鸟的翅膀把空气往下推，于是产生了作用力；这使得鸟在空中飞起来，这便是反作用力。

2. 找一个气球。深呼吸，然后向里面吹气。现在，当气球充满了气，就放手吧！从气球里出来的空气就会产生作用力。气球快速运动便是反作用力的结果。

现在轮到你去找更多的例子了。这里有一些例子可以帮助你入门。什么是作用力？反作用力又是怎样的？填写下面的表格，完成寻宝游戏。祝你好运！

★吹蜡烛

★挥棒打棒球

★把书扔在桌子上

★触摸肥皂泡

★骑自行车

★弹球

牛顿第三定律示例	作用力	反作用力
鸟儿在空中飞翔	翅膀正在将空气向下推	鸟儿飞起来
气球	空气从气球中排出	气球移动

快速逃离

马克斯去哪儿都要带上她的手提箱，里面装着她所有珍贵的阿尔伯特·爱因斯坦的物品。这是她在任何时候都要拿的一件东西！在她的手提箱里，你会发现一个爱因斯坦娃娃、一些照片和其他纪念品。想象一下，你被齐姆博士这样的邪恶科学家追赶，所能做的只有在有限的时间里抓起手提箱逃到一个新的地方。你会在手提箱里装些什么呢？在箱子里画出对你重要的东西。

做出改变！

马克斯被邀请加入一个非常特殊的团队——变革者协会。变革者协会的宗旨是“做出重大改变，拯救这个星球和居住在这个星球上的人类”。现在，该轮到你做出改变了。在你的学校或社区创建你自己的变革者俱乐部吧！

召集一群对“改变”感兴趣的孩子。记得创建一个像马克斯那样的团队，每个人都能为俱乐部带来不同的技能。

找一个成年人作为你俱乐部的顾问或助手。

想想你想要在你的学校或社区做出何种改变，然后与你的俱乐部成员一道，以某种方式做出改变。尝试一些思想实验来进行头脑风暴吧！例如，制定一个减少校园欺凌的计划。

制定计划！有些事情要考虑……

每个人将扮演什么角色？（马克斯的团队中有哪些角色，每个角色所对应的性格是怎样的？）

你需要和哪些人交谈来推进你的计划？

你需要什么材料？

把你的想法付诸行动，做出改变！

不要止步于此，反思一下哪些做得好，哪些做得不好。记住，即使是阿尔伯特·爱因斯坦也会犯错！做出这些改变，并和你的变革者俱乐部成员一起解决下一个问题！

天才笔记

量子纠缠

定义：量子系统之间的一种特定的量子关联。

拓展：1935 年，奥地利物理学家薛定谔在《量子力学的现状》一文中，率先用“纠缠”一词描述在 EPR（爱因斯坦－波多尔斯基－罗森）实验中的两个开始时接触，然后分开的粒子之间的相互关联。之后，“量子纠缠”被用来指称互相纠缠的两个粒子，无论相距有多远，一个粒子的变化都会影响另一个粒子的状态。其特点是两个粒子的状态均依赖对方而各自均处于一种不确定的状态。20 世纪 90 年代以来，随着量子信息理论和技术的发展，量子纠缠已作为量子信息处理的一种重要资源被广泛应用于量子密码学、量子通信、量子计算机、量子隐形传输等方面。

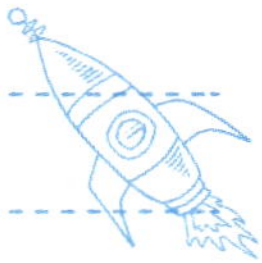

热力学第一定律

定义：外界传递给一个物质系统的热量等于系统内能的增量和系统对外所做的功的总和。

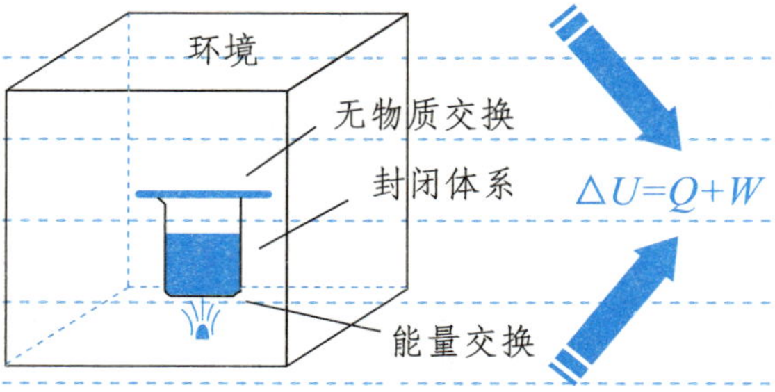

拓展：在设计和优化热机、电池等能源转换设备时，我们都要使用此定律，这可以确保能源在使用和转换过程中能够更加高效地被利用。同时，此定律还能帮助我们理解地球气候系统的能量流动和转换过程，预测全球气候变化趋势。

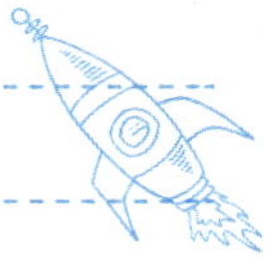

瞬时速度

定义：物体在某一时刻或经过某一个位置时的速度。

拓展：瞬时速度在交通管理中发挥着重要作用。例如，警察需要测定司机是否超速驾驶，或者在兵器试验中测量子弹或炮弹冲出枪口或炮口的速度，以检验武器是否合格，这些情况下测量的速度都是物体的瞬时速度。

次声波

定义：频率低于 20 赫，人耳无法听到的声波。

拓展：在风暴、地震等自然现象中都有次声存在。人们可以根据探测到的次声波预测风暴、探测地震中心、探矿等。

大肠菌群

定义：一群可发酵乳糖并产酸产气的革兰氏阴性、无芽孢、好氧或兼性厌氧的肠道杆菌。

拓展：大肠菌群最初作为肠道致病菌而被用于水质检验，现在被作为食品被粪便污染的指示菌，只要在样本中检测到 3-10mg/kg 的大肠菌群，即可认为样本被污染。

反渗透

定义：亦称“逆向渗透”。一种利用渗透原理进行物质分离的方法。可以让物质从浓度更高的地方向浓度更低的地方渗透。

拓展：目前，反渗透技术被大量应用于污水处理、海水淡化及苦咸水处理等方面，为水资源的保护提供了非常大的帮助。

盐桥

定义：通过在两个电解质溶液之间建立连接，引起电荷转移，从而实现溶液之间的交流和催化反应的高浓度电解质溶液。

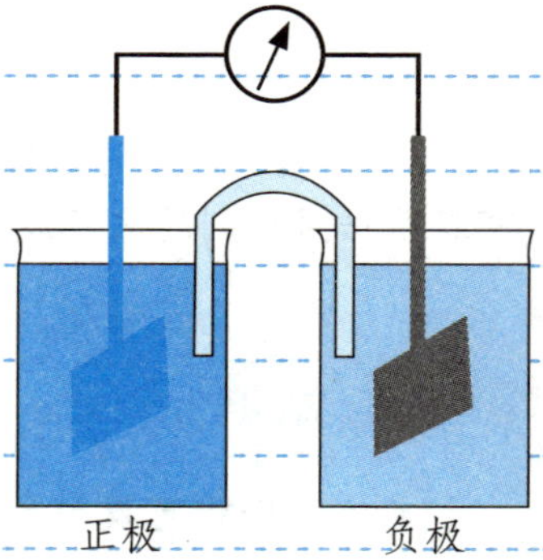

拓展：盐桥在现代化工业中有着非常广泛的应用，我们生活中常见的电池就是由正极、

负极和盐桥组成，盐桥在其中起到传递离子的作用，使得正负电极之间维持电中性。这对于电池的正常工作非常重要，同时也可以延长电池的寿命。

著作权合同登记号：字 18-2024-319

图书在版编目（CIP）数据

天才少年爱因斯坦．2，逆行者使命 /（美）詹姆斯·帕特森，（美）克里斯·格拉本斯坦著 ；（美）贝芙莉·约翰逊绘 ；付添爵译．-- 长沙 ：湖南少年儿童出版社，2025. 4. -- ISBN 978-7-5562-8166-4

Ⅰ. I712. 84

中国国家版本馆 CIP 数据核字第 202570B24U 号

TIANCAI SHAONIAN AIYINSITAN 2 NIXINGZHE SHIMING

天才少年爱因斯坦 2 逆行者使命

［美］詹姆斯·帕特森 ［美］克里斯·格拉本斯坦 著
［美］贝芙莉·约翰逊 绘 付添爵 译

责任编辑：唐 凌 李 炜
策划编辑：文赛峰
营销编辑：付 佳 杨 朔
版式设计：马俊赢
排 版：金锋工作室
策划出品：李 炜 张苗苗 文赛峰
特约编辑：卢 丽
版权支持：王媛媛
封面设计：霍雨佳

出 版 人：刘星保
出 版：湖南少年儿童出版社
地 址：湖南省长沙市晚报大道 89 号
邮 编：410016
电 话：0731-82196320
常年法律顾问：湖南崇民律师事务所 柳成柱律师
经 销：新华书店
开 本：875 mm × 1230 mm 1/32
印 刷：河北鹏润印刷有限公司
字 数：152 千字
印 张：9.375
版 次：2025 年 4 月第 1 版
印 次：2025 年 4 月第 1 次印刷
书 号：ISBN 978-7-5562-8166-4
定 价：32.00 元

若有质量问题，请致电质量监督电话：010-59096394 团购电话：010-59320018